一天当中如果抽出一小时来读书，一年就有三百六十五小时，十年就有三千六百五十小时，积少成多，无论研究什么都会有惊人的成就。

九思

名家伴读

梁实秋
读书随笔

梁实秋 著

华中科技大学出版社
http://press.hust.edu.cn
中国·武汉

作者像

作者手迹

作者(右)和胡适

代序：漫谈读书

于一般人而言，最简便的修养方法还是读书。

我们现代人读书真是幸福。古者"著于竹帛谓之书"，竹就是竹简，帛就是缣素。书是稀罕而珍贵的东西。一个人若能垂于竹帛，便可以不朽。孔子晚年读《易》，韦编三绝，用韧皮贯联竹简，翻来翻去以至于韧皮都断了，那时候读书多么吃力！后来有了纸，有了毛笔，书的制作比较方便，但在印刷之术未行以前，书的流传完全是靠抄写。我们看看唐人写经，以及许多古书的抄本，可以知道一本书得来非易。自从有了印刷术，刻版、活字、石印、影印，乃至于显微胶片，读书的方便无以复加。

物以稀为贵。但是书究竟不是普通的货物。书是人类的智慧的结晶，经验的宝藏，所以尽管如今满坑满谷的都是书，书的价值不是用金钱可以衡量的。价廉未必货色差，畅销未必内容好。书的价值在于其内容的精到。宋太宗每天读《太平御览》等书二卷，漏了一天则以后追补。他说："开卷有益，朕不以为劳也。"这是"开卷有益"一语之由来。《太平御览》采集群书一千六百余种，分为五十五门，历代典籍尽萃于是，宋太宗日理万机之暇日览两卷，当然可以说是"开卷有益"。如今我们的书太多了，纵不说粗制滥造，至少是种类繁多，接触的方面甚广。我们读书要有抉择，否则不但无益而且浪费时间。

那么读什么书呢？这就要看各人的兴趣和需要。在学校里，如果能在教师里遇到一两位有学问的，那是最幸运的事，他能适当地指点我们读书的门径。离开学校就只有靠自己了。读书，永远不恨其晚。晚，比永远不读强。有一个原则也许是值得考虑的：作为一个道地的中国人，有些部书是非读不可的。这与行业无关，理工科的、财经界的、文法门的，都需要读一些蔚成中国文化传统的书。经书当然是其中重要的一部分，史书也一样地重要。盲目地读经不可以提倡，意义模糊的所谓"国学"亦不能餍现代人之望。一系列的古书是我们应该以现代眼光去了解的。

黄山谷说，人不读书"则尘俗生其间，照镜则面目可憎，对人亦语言无味"。细味其言，觉得似有道理。事实上，我们所看到的人，确实是面目可憎语言无味的居多。我曾思索，其中因果关系安在？何以不读书便面目可憎语言无味？我想也许是因为读书等于是尚友古人，而且那些古人著书立说必定是一时才俊，与古人游不知不觉受其熏染，终乃收改变气质之功，境界既高，胸襟既广，脸上自然透露出一股清醇爽朗之气，无以名之，名之曰书卷气。同时在谈吐上也自然高远不俗。反过来说，人不读书，则所为何事，大概是陷身于世网尘劳，困厄于名缰利锁，五烧六蔽，苦恼烦心，自然面目可憎，焉能语言有味？

当然，改变气质不一定要靠读书。例如，艺术家就另有一种修为。"伯牙学琴于成连先生，三年不成……成连云吾师方子春今在东海中，能移人情。乃与伯牙俱往，至蓬莱山，留宿伯牙，曰：'子居习之，吾将迎师。'刺船而去，旬时不返。伯牙近望无人，但闻海水汩滑崩折之声，山林窅寞，群鸟悲号，怆然而叹曰：'先生将移我情。'乃援琴而歌，曲终，成连回刺船迎之而返。伯牙遂为天下妙矣。"这一段记载，写音乐家之被自然改变气质，虽然神秘，不是不可理解的。禅宗教外别传，根本不立文字，靠了顿悟即能明心见性。这究竟是生有异禀的人之超绝的成就。以我们一般人而言，最简便的修养方法还是读书。

  书，本身就有情趣，可爱，大大小小形形色色的书，立在架上，放在案头，摆在枕边，无往而不宜。好的版本尤其可喜。我对线装书有一分偏爱。吴稚晖先生曾主张把线装书一律丢在茅厕坑里，这偏激之言令人听了不大舒服。如果一定要丢在茅厕坑里，我丢洋装书，舍不得丢线装书。可惜现在线装书很少见了，就像穿长袍的人一样地稀罕。几十年前我搜求杜诗版本，看到古逸丛书影印宋版蔡孟弼《草堂诗笺》，真是爱玩不忍释手，想见原本之版面大，刻字精，其纸张墨色亦均属上选。在校勘上笺注上此书不见得有多少价值，可是这部书本身确是无上的艺术品。

Contents　目录

辑一　读书札记

莎士比亚与时代错误	003
莎士比亚与性	007
莎翁夫人	011
玛丽·兰姆	013
略谈莎士比亚作品里的鬼	017
林肯告别春田	021
约翰逊的字典	022
沉默的庞德	030
奥杜邦	032
亚瑟王的故事	035
造谣学校	038
桑福德与墨顿	041
大街	045
斯威夫特自挽诗	049
尘劳	053
拜伦	056
沙发	061

纳什　　　　　　　　　　　065
　　布劳德斯基的悲剧　　　　067

辑二　文简意深
　　陶渊明"室无莱妇"　　　　073
　　竹林七贤　　　　　　　　075
　　读杜记疑　　　　　　　　078
　　剑外　　　　　　　　　　087
　　饮中八仙歌　　　　　　　089
　　登幽州台歌　　　　　　　092
　　金缕衣　　　　　　　　　095
　　唐云麾将军碑　　　　　　097
　　词林摘艳　　　　　　　　099
　　传法偈　　　　　　　　　103
　　悬记　　　　　　　　　　105
　　曾孟朴的文学旅程　　　　106
　　管仲之器小哉　　　　　　110
　　万取千焉，千取百焉　　　112
　　复词偏义　　　　　　　　114
　　生而曰讳　　　　　　　　116
　　孝　　　　　　　　　　　118
　　海晏河清图　　　　　　　121

辑三　尺牍寸心

旧笺拾零	127
关于徐志摩的一封信	135
写给孙伏园先生的信	138
写给舒新城先生的信	139
写给方仁念女士的信	142
写给刘英士先生的信	143
写给缪天华先生的信	145
写给吴奚真先生的信	146
写给聂华苓女士的信	148
写给刘白如先生的信	152
写给陈祖文先生的信	155
写给余光中先生的信	159
写给林海音女士的信	161
写给张佛千先生的信	165
写给陶龙渊先生的信	168
写给陈秀英女士的信	169
写给黄天白先生的信	175
写给罗青先生的信	176
写给林芝女士的信	178
写给江新华先生的信	181
写给夏菁先生的信	182
写给蔡文甫先生的信	184

写给梁锡华先生的信	186
写给沈苇窗先生的信	189
写给小民女士的信	190

辑四　闲话漫谈

学问与趣味	193
好书谈	196
利用零碎时间	199
作文的三个阶段	202
听戏	204
徐志摩的诗与文	208
平山堂记	212
晒书记	216
拜年	218
门铃	221
散步	224
谦让	227
谈话的艺术	230
谈学者	234
谈时间	237
谈考试	241
谈友谊	245
说俭	249
谈礼	251

辑一　读书札记

莎士比亚与时代错误

所谓时代错误（anachronism）即把一个人、一件事或一个东西于其尚未出生、尚未发生或尚未产生的时候就提前予以陈述或提及。在一个人已不存在的时候而误以为他尚在人间，这当然也是时代错误。文学作品里这是常见的事，古今中外的大作家有时亦不能免，莎士比亚当然不是例外。且举一些例子如下：

《冬天的故事》里提到雕刻家朱利欧·拉曼诺为赫迈欧尼画像的事，按拉曼诺卒于一五四六年，和《冬天的故事》时代相距有一千六百多年之遥。这一错误近似"宋版的《康熙字典》"了。在这出戏里我们知道赫迈欧尼的父亲是俄罗斯的皇帝，但是这故事的背景是放在耶稣纪元以前，彼时俄罗斯尚是一个未开化的地方，哪里能有皇帝存在？这个故事既然是发生在耶稣诞生以前，如何可以提到"清教徒""原始罪""犹大卖主""圣灵降临节"？

《尤利乌斯·恺撒》一剧里也有严重的时代错误。布鲁特斯一派的人定钟鸣三声为分手的时刻。钟而能鸣，当然是自鸣钟。这样的钟是很晚近的事。自鸣钟的发明只有三百多年。"明万历二十八年大西洋人利玛窦来献自鸣钟，秘不知其术，大钟鸣时，正午一击，初未二击，以至初子十二击；正子一击，初丑二击，以至初午十二击。小钟鸣刻，一刻一击，以至四刻四击。"按万历二十八年为公元一六〇〇年，利玛窦以钟来献，想来钟在彼时尚是新奇之物，距新发明当不甚远。恺撒卒于纪元前四十四年，距自鸣钟之发明当有一千六百多年。故恺撒时代的人不可能知道有自鸣钟其物。那个时代报时的工具应该是"漏"，水漏。还有，剧中提到布鲁特斯"读书时把书页折了一角"。按罗马时代的书只有"卷"而无"页"，故书页折角乃绝无可能之事。

《伯利克里斯》剧中提到"手枪"。按手枪始创于意大利，约在十九世纪中叶。伯利克里斯是纪元前五世纪希腊政治家，在这样古的时代怎能说到手枪？

《泰特斯·安庄尼克斯》剧中萨特奈诺斯与塔摩拉结婚前发誓说："牧师与圣水就在近边……"按牧师与圣水为天主教堂举行婚礼时所必需，而此剧背景是在罗马时代，与天主教堂根本风马牛不相及。又，此剧中之陆舍斯扬言要"砍下'俘虏们的'肢体，放在柴堆上燔烧……祭奠我们的弟兄们的亡魂"。按罗马一向没有燔祭人肉的习惯，罗马人固然强悍残忍，但是杀死俘虏燔其肢体以飨阵亡将士之灵，罗马文化中尚无此一项目。

《考利欧雷诺斯》剧中拉舍斯赞美马尔舍斯之勇敢善战曰："凯图理想中的军人。"按凯图生的那一年，考利欧雷诺斯已死去了二百五十五年之久。拉舍斯是考利欧雷诺斯同时期的人，如何能在他的口中说出凯图？莎士比亚此一错误亦有其根据，他根据的是普鲁塔克的传记。须知普鲁塔克的传记，是叙事体，作者以第三人的地位尚论古人，引用较晚的凯图的理想来赞美较早的马尔舍斯，固未尝不可。但莎士比亚的作品是戏剧，句句话都是对话，那便不可让拉舍斯口中吐出凯图这个人名。莎士比亚喜用普鲁塔克的文句，偶一不慎，遂生纸漏。

《亨利八世》剧中，诺佛克公爵对白金安公爵说："法国破坏盟约，扣留英商货物。"按扣留货物一事发生在一五二二年三月，而根据历史白金安公爵已于前一年五月十七日被斩首。

《理查三世》二幕一景中格劳斯特乞求大家对他予以谅解，一位一位地数着，把乌德维尔大人、黎佛斯大人和斯凯尔斯大人当作了三个人。其实所谓乌德维尔大人，根本无其人。事实上王后的弟弟安东尼·乌德维尔即是后来的黎佛斯伯爵，亦即斯凯尔斯大人，一个人有两个勋衔，莎士比亚遂误以为是三个不同的人了。这倒不是时代错误，不过也是错误。

《亨利六世》上篇五幕四景约克称阿朗松为"声名狼藉的马基雅维利"，是把马基雅维利当作野心家的别名，因为马基雅维利著《君主论》，申述用人处事以及纵横捭阖之术，一般人（尤其是未读过其书的人）斥为有关霸道权术之作，不合于宗教道德之理想。但是《君主论》之刊行乃在一五一三年，而亨利六世在一四七一年就死了！又，三幕二景琼恩对白德福公爵说："你要做什么，白胡子老头儿？"按白德福即《亨利四世》中之兰卡斯特亲王约翰，为四世之第三子，死于一四三五年，时仅四十五岁，比琼恩还晚死四年，焉得称之为"白胡子老头儿"？又，二幕五景毛提摩临死前自述家世谱系，"从我母亲方面讲，我是老王爱德华三世的第三子……之后"。按母亲是祖母之误。莎士比亚之所以有此误，乃由于叔侄同名为毛提摩之故。英国王家谱系甚为繁杂，有时很难弄得清楚。

《亨利四世》上篇三幕二景有"苏格兰的毛提摩"一语，怎么苏格兰又有一个毛提摩？原来是乔治·顿巴尔，只因他也拥有"玛尔赤勋爵"衔，故与英国的毛提摩相混了。

在地理方面莎士比亚也出过乱子。《冬天的故事》把阿波罗在Delphi的神庙说成在Delphos岛上，其实是在大陆上的Phocis。莎士比亚把阿波罗出生地Delos岛与Delphic神谕混为一谈了。这还不太严重，较严重而最成为话柄的是莎士比亚误以为波希米亚是一个滨海的国家，其实波希米亚在内陆，根本没有海岸。他这两个错误，都是沿袭格林的一篇散文传奇而以讹传讹。另一剧《维洛那二绅士》说起瓦伦坦由维洛那"搭船到米兰"也颇引人非议。有人为莎士比亚开脱，说那时候两地之间是有一条运河。其实这也是多余，因为剧中后来明说瓦伦坦是从陆路回来的。

以上举例，仅是其作品中一小部分的疵谬，不足为莎士比亚病。幸亏他的戏剧不是教科书，否则就难免误人子弟之咎，幸亏他的戏剧不是推行社会教育的工具，否则亦难免要遭受学人的非难。可是事实上，莎士比亚的戏早已成为许多学校的教科书，他的戏（尤其是历史剧）早已成为英国一般民众认识英国历史的主要工具之一。而戏中这许多瑕疵，还任由它谬种流传，没有人能成功地予以纠正，其故安在，可深长思。

莎士比亚与性

一位著名的伊丽莎白文学专家在伦敦《泰晤士报》上说"莎士比亚是最富于性的描述的英文伟大作家。他毫不费力地，很自然地，每个汗毛孔里都淌着性。"这位六十七岁的英国学者劳斯又说："在莎氏作品中，可以清楚地看到，他集中注意力于女人身上。所以他创造出一系列的动人的文学中的女性。同时有人坚信莎士比亚作品乃是培根，或玛娄，或牛津伯爵所作，其说亦显然是狂妄，因为这几个人都是同性恋者。""这一点在莎士比亚研究上甚为重要，他是非常热烈的异性恋者——就一个英国人身份而言也许是超过了正常的程度。"

西雅图《泰晤士报》于同年四月二十四日亦刊有一段类似的电讯：

性与诗人
现代的色情作家会使莎士比亚生厌

伦敦美联社讯——想找一本色情的书么？不必注意目前充斥市场的淫书，去读莎士比亚的作品罢。

这是两位文学界权威的劝告，他们说这位诗人的十四行诗集有的是猥亵的描写。

伦敦《泰晤士报》今天发表了这两位戏剧专家的意见，宣称莎士比亚是英文中最富色情的作家。

莎氏传记作者牛津大学的劳斯博士说，莎士比亚"从每一个汗毛孔淌出色情"。

劳斯引述《莎士比亚的猥亵文字》作者帕特立芝（Eric Patridgc）的话，说莎氏是"一位极有学识的色情主义者，渊博的行家，非常善于谈情说爱的能手，大可以对奥维德予以教益哩"。

但是专家们说，把淫秽部分发掘出来不是容易事。

莎士比亚的色情描述通常是隐隐约约的，使用文字游戏来表达，需具有精通伊丽莎白英文能力的学者才能欣赏。

劳斯说，莎氏是"非常热烈的异姓爱者——以一个英国人身份来说可能是超过了一般常态"。

劳斯的文章是为纪念一五六四年诗人诞辰纪念而作，立即引起争论。

"大诗人是色情狂么？"《太阳报》的一个标题这样问。

莎士比亚学会秘书Gwyneth Bowen说："胡说！其他大部分伊丽莎白作家比他的色情成分要多得多哩。"

看了以上两段报道文字，不禁诧异一般人对莎士比亚的认识是这样的浅薄。从前，编戏的人不算是文学作家，剧本不算是文学作品，剧本是剧团所有的一项资产；剧本不是为读的，是为演的；剧本经常被人改动有所增损；剧本的内容要受观众的影响。所以，剧本里含有猥亵之处，不足为奇。看戏的人，从前都是以男人为限，而且是各阶层的男人。不要以为只有贩夫走卒才欣赏大荤笑话，缙绅阶级的人一样喜欢那件人人可以做而不可以说的事。平素处在礼法道德的拘束之下的人，多所忌讳，一旦在戏院里听到平素听不到的色情描写，焉能不有一种解放的满足而哄然大笑？我们中国的评剧，在从前观众没有女性参加的时候，有几出戏丑角插科打诨之中，猥亵成分特多，当时称之为"粉戏"，以后在"风化"的大题目之下逐渐删汰了比较大胆的色情点缀。莎氏全集，一八一八年包德勒（Thomas Bowdler）也曾加以"净化"，删削了一切他所认为淫秽的词句，成了"每个家庭里皆适于阅读"的版本。不过至今我还不能不想到那些所说的"粉戏"。至今似乎没有人肯购置一部包德勒编的莎氏全集放在他的家里（事实上这个版本早已绝版）。

若说莎士比亚作品最富色情，似亦未必。十四行诗第一百二十九首是著名的一首，以性欲为主题，表现诗人对于性交之强烈的厌恶，我的译文如下：

> 肉欲的满足乃是精力之可耻的浪费；
> 在未满足之前，肉欲是狡诈而有祸害，
> 血腥的，而且充满了罪，
> 粗野无礼，穷凶极恶，不可信赖，
> 刚刚一满足，立即觉得可鄙；
> 猎取时如醉如狂；一旦得到，
> 竟又悔又恨，像是有人故意，
> 布下了钓饵被你吞掉：
> 追求时有如疯癫，得到时也一样；

已得，正在得，尚未得，都太极端；
享受时恍若天堂；事过后是懊丧；
这一切无人不知；但无人懂得彻底，
对这引人下地狱的天堂加以规避。

诗写得很明显，其中没有文字游戏，亦未隐约其词，但是并不淫秽。我记得罗赛蒂（Dante G. Rossetti）有一首《新婚之夜》（*Nuptial Night*），也不能算是色情之作。

莎氏剧中淫秽之词，绝大部分是假借文字游戏，尤其是所谓双关语。朱生豪先生译《莎士比亚全集》把这些部分几乎完全删去。他所删的部分，连同其他较为费解的所在，据我约略估计，每剧在二百行以上，我觉得很可惜。我认为莎氏原作猥亵处，仍宜保留，以存其真。

在另一方面亦无须加以渲染，大惊小怪。

莎翁夫人

一九六九年十一月二十四日报载：

【合众国际社英国斯特拉福顿二十二日合众国际电】今天一场大火烧毁了莎士比亚夫人童年故居的三分之一，但官员们希望能在明年游季以前，及时修复损坏部分。

莎士比亚纪念中心主任福克斯说，调查证明火灾是因电线走火而起，他又说，纵火的可能性"并未排除"。

福克斯称赞救火员，拯救了一座最具历史性，保存了五百年的茅草屋顶的农舍，该农舍自一八九二年来，则为英国重要的名胜。

据推测在十六世纪末期，哈撒韦小姐嫁给莎士比亚以前，一直居住在那里。

每年大约有二十五万人参观该农舍。

莎翁夫人安娜·哈撒韦是一个不幸的女人。她比莎士比亚大八岁。莎氏在《第十二夜》第二幕第四景写下这样的句子：

女人永远要嫁一个比她大些的,她才能适合他,才能在她丈夫心里保持平衡。……女人像玫瑰,美丽的花儿一经盛开立刻就谢。

这一段话也许是有感而发的吧?莎氏夫人在婚前就已怀孕,所以在降临节(Advent)前几天匆匆忙忙地请求教会举办手续,而且迫不及待地请求特准免去三次预告的手续,因为降临节一开始直到封斋期是不准结婚的。在伊丽莎白时代,订婚即具有法律约束力,婚礼是可以展缓举行的,所以在婚前的性关系并不违法,但与善良风俗究竟不合,而且在双方心理上将永远是一个负担,将觉得婚姻(至少那婚礼)是被逼迫举行的。哈撒韦一家人有清教的倾向,清教徒厌恶剧院,而莎士比亚正好走上戏剧一途,不仅是作者,而且是演员,这志趣的不调和在婚姻上必有很大影响。所以莎士比亚一去伦敦,二十余年从来没有把妻子接到城里去同居——这是不寻常的事。莎氏在伦敦黑僧剧院附近置产,想尽方法使之将来不至于落入妻室之手。莎氏遗嘱留赠给妻的东西是"我的次好的一张床",即是他死时睡着的那张床。有人说"次好的床"表示亲热,因为那时代家中最好的床通常是预备客人睡的。但是遗嘱里他对他的妻没有任何亲热的字样。这一段婚姻是不幸的。不过,古今中外文人的婚姻有几人是十分理想的呢?

玛丽·兰姆

《莎士比亚的戏剧故事》是一本世界著名的书,许多人没读过莎士比亚的戏剧而读过这本故事。著者是玛丽·兰姆与查尔斯·兰姆。玛丽是姐姐,比查尔斯年长十一岁,一七六四年生,比他晚死十三年,一八四七年卒。姐弟二人合著这一本书,也是偶然的,他们的朋友高德文主编一部青年丛书(*Juvenile Library*),约他们参编一本著作,所以这本书有一个副标题"为年轻人而作"。里面包括莎士比亚的二十部戏,其中六部悲剧的故事是查尔斯所作,十四部喜剧故事是玛丽的手笔,英国历史剧和罗马剧以及另外两部喜剧则付阙如。在前几版中玛丽的名字未列在标题页上,虽然她出力较多,而且查尔斯说她写得比他好。这本书刊于一八〇七年,文笔雅洁,保存了不少原剧的字句,而且还时而以不触目的笔调指点出一些道德的教训,所以出版后广受欢迎。我国最早有关莎士比亚的书就是这部书的中译本,好像是林琴南译的,书名是"吟边燕语"。

玛丽有遗传的疯病,查尔斯也有一点点。玛丽的情形比较严重,时发时愈,一七九六年她三十二岁,九月二十五日,病发不可收拾,竟至杀死了她天天陪伴同床睡觉的四肢瘫痪的老母亲。

这段悲惨的经过,最好是看查尔斯写给柯勒律治的一封信——

我最亲爱的朋友——怀特或是我的朋友或是报纸在此际可能已经让你知道了我家发生的惨祸。我只要简单说一下:我的可怜的、可爱的、最可爱的姐姐,一阵病发,杀死了她自己的母亲。我就在近旁,只来得及从她手中夺过刀来。她目前在疯人院。上帝保全了我的神志:我吃、喝、睡,我相信我的判断还很健全。我的可怜的父亲略受微伤,我现在要照料他和我的姑母。基督医院公学的诺利斯先生对我们甚为关拂,我们没有别的朋友,但是,感谢上帝,我很镇定,能办善后之事。请尽量写富于宗教性的信,但别提已过的事。对我而言,"以前的事已属过去",我要做的事多于我所要感受的。

愿上帝掌管我们一切!

[附注]不要提起诗。我已毁弃那种一切的表面虚荣。你随你的便,如果你要发表,可以发表(我给你全权)我的,但毋用我的名字或简名,也别送书给我,我求你。你自己的判断力会教你暂勿将此事告知尊夫人。你照顾你的家;我尚有足够的理性与力量照顾我的。我求你,不要起前来看我的念头。写信。你若是来,我不见你。愿上帝眷爱你以及我们所有的人!

这封信凄惨极了,关于玛丽发疯的情形写得不够详尽,是年九月二十六日伦敦的《晨报》(*The Morning Chronicle*)有较多的报道,其文如下——

星期五午后,验尸官及陪审员们检验霍尔邦区内一位妇人的躯体，她是于前一天被她的女儿杀伤致死的。

此前数日，家人已看出她疯狂的一些迹象，到了星期三晚上日益加剧，第二天早晨她的弟弟一清早就去请皮卡因医生——如果他遇到了那位医生，这场灾难就可能避免。

这位年轻的女士早年曾经一度发疯，由于工作过度疲乏所致。——她对母亲的态度一向极为孝顺，据说就是因为父母健康不佳需要日夜照料，所以才造成这位不幸的年轻女士这次的疯狂。

有些早报说，她有一个疯了的弟弟也在疯人院里——这是不实的。

陪审团当然做了判决，疯狂。

根据所举证据，情形是这样的，家人正在准备晚餐之际，这位年轻小姐抓起桌上放着的一把原来带鞘的餐刀，以威吓的态势追逐一个小女孩满屋跑，小女孩是她的学徒（玛丽在家收学徒为人缝制衣服贴补家用），她的瘫痪不能行动的母亲急叫她不要这样，她放弃原来追逐的目标，尖叫一声扑向她的母亲。

那孩子的叫嚷声惊动了这家的男主人，但是晚了一步——母亲在座椅上已经没有命了，她的女儿手持致命的刀茫然地站在旁边。那个老迈的人，她的父亲，额上也淌着血，是因她满屋乱抛叉子而受到重重一击之所致。

疯狂者犯罪不处刑，玛丽在疯人院住了一阵也就没事了。但是，她清醒的时候，她不能没有记忆，她比查尔斯多活了十三年，直到一八四七年才逝世，这漫长的岁月她是怎样过的！哈兹利绝口称赞她，说她是他所见到的最聪明、最理智的女性。惨剧发生的时候，查尔斯只有二十三岁，他哥哥约翰主张把玛丽长久地送进疯人院，一了百了，但是查尔斯不肯，他坚决在家里服侍姐姐，自己一生未娶，这份牺牲奉献的精神伟大极了。看查尔斯的小品文，温柔细腻，想见其为人。人生苦痛，谁也不免，而凄惨酷烈乃一至于斯！

略谈莎士比亚作品里的鬼

莎士比亚作品里关于灵异的（supernatural）描写是很多的，鬼是其中之一。所谓鬼，是专指人死了而变成的那种精灵。至于 fairies，nymphs，devils，witches 等等，不在我们的讨论范围之内。

谈鬼是一件很普通的习惯，有趣味，有刺激，不得罪人，不至触犯忌讳，不受常识的约束——比谈旁的都方便。《冬天的故事》第二幕第一景有这样的一段：

迈密勒斯：在冬天最好是讲悲惨的故事。我有一个关于鬼怪和妖精的故事。

赫米温妮：好，讲给我们听吧。来，坐下来，讲吧，尽你的本事用你那些鬼怪吓我，这是你的拿手好戏哩。

迈密勒斯：从前有一个人——

赫米温妮：不，来坐下讲！好，讲下去。

迈密勒斯：住在墓园的旁边。——我要悄悄地讲，不让那些蟋蟀听见。

这也许是一段写实的描写。冬日围炉取暖的时候，不正是谈鬼的绝好机会吗？

莎士比亚的时代，是各种迷信流行的时代。詹姆斯一世便是著名的笃信神鬼的国王，他于一五九七年刊行他所作的《妖怪学》（*Daemonologie*）。他可以因巫术而兴大狱，杀戮以千百计，只这一件事就可以反映这时代是如何的愚暗。莎士比亚时代的戏剧常常包含鬼怪之类，此种风气可以说是从奇得的《西班牙之悲剧》以后便非常流行的。舞台的场面上，往往有神鬼出没的机关。大概鬼出来是从舞台地板上的一个洞里钻出来，表示他是从地下来的意思。一般的观众是迷信的，相信鬼的存在，至少是以为鬼是有趣。

《哈姆雷特》一剧告诉我们许多关于鬼的事。鬼平常是不出来的，除非他是有什么冤抑。他出来的时候，总穿着生时的服装，并且总在夜里，等到天亮鸡叫就要匆匆地消逝。（这和我们的《聊斋》说鬼大致仿佛。）鬼不轻易启齿，须要生人先向他开口。平常和鬼交接谈话（cross）是很危险的，容易被鬼气所殛（blasted）。要想被除鬼怪之类，须要用拉丁文说话。鬼是怯懦的，喧哗的人众可以把鬼形冲散。（武松惊散了大郎的阴魂，大概即是同一道理。）鬼有时不令别人看见，只令被他所愿意能看见他的人看见。鬼并不积极地害人。中国鬼故事里，颇有些恶厉的鬼，啖人肉，吮人血，甚至还有"拉替身"之说，莎士比亚作品里的鬼比较起来是文明多了，然而可也就没有我们中国文学中的鬼那么怪诞离奇。

莎士比亚作品中的鬼也有可怕些的。譬如，《恺撒大将》第四幕第三景，恺撒的鬼出现的时候，布鲁特斯说：

"这灯光何等的惨淡！哈！谁来了？我想是我的眼睛有了毛病幻铸成这样怪异的鬼形。他向我来了。……"

《李查三世》第五幕第三景，群鬼在李查王梦中出现之后，李查王也说：

"慈悲，耶稣！且慢！我做梦了。啊怯懦的心，你使我何等苦痛！灯火冒着青光。正是死沉的午夜。抖颤的肉上发出恐惧的冷汗。"

这情景都有些可怕。固然有亏心事的人格外觉得鬼可怕，但是鬼出现的时候，灯光变色，也自有一种阴惨怕人的暗示。《麦克白》里的班珂的鬼在宴会席间出现的样子，摇着血渍的头发，使得麦克白神经错乱，若应用近代舞台的技术以投影法表演出来，无疑的是很惊人的景象。

莎士比亚信鬼吗？我们却很难说。从表面上看，莎士比亚在作品里常常描写到鬼，穿插鬼的故事，颇使我们疑心莎士比亚也许是并未超出那时代的迷信。但是我们若更深一步考查，我们也可以发见莎士比亚作品中的鬼完全是一种"戏剧的工具"。鬼，在莎士比亚剧中，永远不是剧中的主要部分，永远是使剧情更加明显的方法，永远是使观众愈加明了剧情的手段。鬼的出现，总是有因的。或是因了冤抑而要求报复，或是因了生前有藏镪在地而出来呵护，或是因了将有不祥之事而预做朕兆。所以把鬼穿插到作品里去，是一种艺术安排，不一定证明作者迷信。当然，莎士比亚若生于现代，他就许不写这些鬼事了。

鬼，实在是弱者的心里所造出来的。王充《论衡》所谓："凡天地之间有鬼，非人死精神为之也，皆人思念存想之所致也"，"人病则忧惧，忧惧见鬼出"，"畏惧则存想，存想则目虚见"。莎士比亚似乎也明白这一点道理。在《麦克白》里，麦克白夫人一再的代表着健全的常识，点破她的丈夫的"忧惧见鬼出"的虚幻心理。麦克白所见的空中短刀，是恐惧的"描画"，他所见的鬼也是如此。《鲁克里斯的被奸》第四百六十行是最有意义的："这些幻影都是弱者头脑的伪造。"

林肯告别春田

林肯赴总统任前《告别春田》一文，简洁诚挚，不可多得。文曰：

朋友们，不在我的处境者不能了解我在此时告别之黯然神伤。我的一切都是靠了这个地方和这地方人士的优遇。我在此地已住了一世纪的四分之一，从青年到老年。我的孩子们生在此地，其中一个埋在此地。我如今要离去了，不知何日更不知能否再回来，因为我未来的工作比放在华盛顿身上的工作还要沉重。如不能得到神明一直赐给他的那份助力，我不能成功。如有那份助力，我不会失败。信任上帝，他会跟随着我，也会看顾你们，所以我们可以安心地希望一切都会顺遂。我把你们交付他来照料，我希望你们在祈祷里也会把我交付给他，我诚恳地向诸位告别了。

凡讲演词及正式文告之类皆宜如此，要直截了当，不可空洞冗长，惹人厌恶。修辞立其诚，林肯深通此理。

约翰逊的字典

　　约翰逊的英文字典刊于一七五五年，除了在规模较大的图书馆里，现在很少人有机会看见这部字典的原貌，但是这部字典有其不可磨灭的位置。我幼时在教科书里读到约翰逊致柴斯菲德伯爵书，即心仪其人，后来读了麦考莱的《约翰逊传》，得知其生平梗概，越发对他向往。近年来我与字典编纂的工作结了不解之缘，深知其中甘苦，对于约翰逊的字典遂有较为深入的了解。我从书架上取下这部一七五五年出版的字典的复制版，展开来看，原书面貌丝毫不爽，纸是黄的，墨色是暗淡的，字形是粗陋的，古色古香，但是我面对着二百多年前的外国的这位前贤的力作，不胜敬服，感慨万千。

　　约翰逊这个人，很不平凡。他的一只眼差不多瞎了，另一只眼患极度近视。脸上有疤，皮肤患有瘰疬。虽然经过女王触摸亦未治愈。时常口中念念有词，自言自语，有时用舌端舐着口腔上膛突然向后一抽，发出母鸡似的咯咯声，有时用舌端突然向外一吐作嘟嘟声，有时和人争论之后仰天吐一口大气如鲸鱼喷水。走路先抬左脚或右脚都有一定，走到门口一共多少步也有一定，如果错了需要回转重新走过。他头向右歪斜，身躯前后摇动，手掌不断地搓着膝头，他声若洪钟，他衣衫褴褛，他鞋底上尽是污泥，他吃起东西来狼吞虎咽，油渍可以溅到旁边客人身上。与贵妇同席，可以忽然蹲伏到桌底下偷偷地剥落一只女人鞋。他体格强健、膀大腰圆，有人说他应该以"脚行"为业，他在剧院发现他的座位被人占据而勃然大怒时把那个人连人带椅一起掷到楼下去！约翰逊就是这样的一个怪人。可是他为人正直，心地忠厚，自奉甚俭，而家里却养着一大堆闲人。他的妻子比他大廿岁，肥头大耳，而伉俪情感甚笃。他读书涉猎很广，对于希腊、罗马的古典文学作品寝馈尤深，谈话时口若悬河，为文亦气势磅礴。文学家以作品行世，克享大名历久弗衰，唯约翰逊异于是。他是以他的特立独行的人格彪炳千古，并不靠任何一部著作。在十八世纪下半叶，他真的是称得起"文坛盟主"。一七六四年间成立的"文学社"，那是历史上罕有的风云际会的结合，一共九个人，每星期在酒店中聚餐一次，晚七时起，夜深始散，其中包括演员加立克，画家雷诺兹，诗人小说家高尔斯密，戏剧家谢立敦，政治家柏尔克和他的传记作家鲍斯威尔，而约翰逊实为其中之灵魂。他的一生行谊，他的作品所表现出来的道德的严肃性，使得他成为一个令人敬爱的不朽的人物，他最初成名的作品便是他的字典。我们现在谈谈他的字典，仍然是颇有兴会的事。

文人自古与穷结不解之缘。约翰逊一生潦倒，一起始即沦为文丐。字典是几个出版家提议约请他编的，创议的是书贾道兹雷。在那个时代以一个人的力量编一部字典，是太不容易的事。原计划是以三年为期，事实上是七年才得竣事。鲍斯威尔记载有一位亚当博士自始就怀疑他能在三年之内完成，他提出疑问说："先生，你三年怎能完成呢？"约翰逊说："我毫无疑问三年可以完成。""但是法兰西学院有四十位院士,他们合编一部字典用掉四十年的工夫。"约翰逊的回答是:"先生,确是如此。比例是如此的。让我来计算一下,四十乘四十,是一千六百,正是一个英国人对一个法国人的比例。"约翰逊是何等的自负!事实上编字典是他煮字疗饥的手段。约翰逊在二十六岁时结婚,生活一直狼狈,他希望能从这部字典上得到经济上的帮助。编工具书是吃力不讨好的工作,好人不愿意做,坏人做不好。约翰逊若非不得已,不会接受这样的工作。他的字典于一七五五年四月十五日出版,他的老妻于三年前逝世,他认为最大的悲哀之一便是他的老妻贫苦多年未及亲见字典出版分享他的荣誉。书贾给他的报酬是一千五百基尼,合一千五百七十五镑,雇用助手抄写费用均需从这笔款项中支出,约翰逊的"三年期限"估计错误,拖延到七年之久,其间陆续动用稿酬贴补家用,到了字典出版之时实际已多支了一百余镑之数,翌年且有两度因债被捕入狱,字典给他的经济帮助究竟有多大可想而知。这真是文人的可怜的遭遇。

　　约翰逊的字典不是英文的第一部字典,但是在规模上、在分量上、在实质上不愧为第一部重要的字典。最早的英文字典当推一六二三年考克拉姆的字典,虽然在一六二三年以前不是没有性质近于字典的辞书。约翰逊的字典里收的单字大多数是采自前人的字典,但其余的部分都是他自己从各项书籍里检出来的。他的书架上有上千种的书,供他检寻单字。他要从各个作家的书里找出每个字的重要用法的例句。他主要参考了三本字典:

　　(一) 倍来的英文字典(一七二一年本)
　　(二) 安斯渥兹的拉丁字典(一七三六年本)
　　(三) 菲利浦斯的英文字典(一六五八年本)

他所参考的书籍，从而摘取例句的书籍都是复辟时代（一六六〇年）以前的作品。他用黑铅笔在借来的字典上及其他书籍上画了记号，然后由缮写员誊录。誊录时在每个单字下面预留空白，由约翰逊填写定义。他共雇用了六名缮写人，其中五人是苏格兰人，都是穷寒之士，后来得约翰逊之恩惠不少。

这部字典的正式标题是"英文字典：所收单字均溯及字源，并从优秀作家采取不同意义之例句。卷首弁以英国文字史及英文文法各一文"。从这标题亦可推测出这部字典的性质。共两册，对折本，定价九十先令，于一七五五年四月十五日在伦敦出版。英国博物院现藏有三部。以后重版多次，第四版（一七七三年）曾经修正，第八版（一七九九年四开本二册）及第九版（一八〇五年八开本四册）亦有改正。但以最后的第十版为最佳，一八一〇年出版，四开本二册。一八一八年陶德之改编本出版，内容颇有增益，较原作多出数千字。以后续有删节本、续编本、翻译本、改编本出现，不胜枚举。原本字典，序占十页，英国文字史占二十七页，文法占十三页。

这部字典在当时可以说是搜罗宏富，定义精审。以著《英国文明史》闻名的巴克尔曾读这部字典以求多识字；诗人勃朗宁也曾熟读这部字典。读字典是不足为训的读书方法，在从前或许不失为一种方法。卡莱尔在《英雄与英雄崇拜》里说："假如约翰逊的作品只留下一部字典，我们也可看出他是一个智力伟大而又实事求是的人。试看他的定义的清晰，内容的坚实、诚恳、透彻，以及其成功的方法，这部字典便可认为是最好的一部了。"

约翰逊最大的短处在于字源方面，因为他不是文字学家，科学的文字学研究在十八世纪还不曾出现。据鲍斯威尔的记载，约翰逊的书架上有朱尼阿斯与斯金纳的书,这两个人都是十七世纪的英国学者,写过关于字源学的书,显然约翰逊对于文字学的知识是不够的。不过此外还另有一个缺点,他时常不能抑制自己的情感与偏见,在定义上露出主观的见解,有时且流于滑稽讽刺。例如:

燕麦——在英格兰通常用以饲喂马的一种谷类,但在苏格兰供人食用。

恩俸——对不作任何等值的服务者之酬金。在英格兰通常认为是对国家雇员之背叛国家者所给付之薪水。

领恩俸者——一个国家的奴才,受雇支薪,以服从其主人者。

编字典者——编写字典的人,一个无害的文丐。

进步党——一个小派系的名字。

骸骨——马的膝盖。

"燕麦"的定义表示他对苏格兰人的厌恶,但是事实上他有好多苏格兰人的朋友,包括鲍斯威尔在内,可见约翰逊这人嘴硬心软。关于"恩俸"两条定义,在后来他自己也领取恩俸的时候(一七六二年),使他感到很尴尬。"编字典者"的定义含有无限辛酸。"进步党"是他所痛恨的,所以不惜加以那样的一条定义。"骸骨"的定义显然是错误的,有一位夫人问他何以要下这样的定义,他回答说:"无知,夫人,由于纯粹的无知。"

最后要谈到约翰逊与柴斯菲德的一段关系。在约翰逊的时代,教育尚不普及,读众因之很少,以写作为职业的人无法以出卖作品的方法得到充分的经济报酬,所以保护人制度一直继续存在。富有的贵族，是最适当的保护人，把一部分作品奉献给他，使他得到名誉，他对作家予以经济上的照拂，这可以说是在不得已的情形下的一种交易行为。约翰逊是一个贫穷而高傲的人，从来不曾有过保护人，他年轻的时候，他的鞋子破得露出了脚趾头，有人悄悄地放一双新鞋在他门前，他发现之后一脚踢开。他受不了人家的恩惠。他编这部字典，受了生意人的怂恿，把字典的"计划书"献给了柴斯菲德伯爵。柴斯菲德伯爵是当时政界显要，曾出使海牙，做过爱尔兰总督，并且是一个有才学的人，他最著名的著作是写给他的一个私生子的《书翰集》。约翰逊像其他穷文人一样，奔走于柴斯菲德门下，受到他的接待，并且获得小小数目的资助，但是没有得到热烈的欢迎。哪一个贵族家庭愿意看到他们的地毯被一只脏脚给污损呢？约翰逊去拜谒伯爵的时候，门人告诉他伯爵不在家，他恼了。据近代学者研究，柴斯菲德有点冤枉，他很忙，把他疏忽了是可能的，但并无意侮辱他。字典将近出版的时候，柴斯菲德从书商道兹雷那里得到了消息，立刻写了两篇文章称赞约翰逊的勤劳，登在一七五四年月二十八日及十二月五日的两期《世界报》上。可能这完全是出于善意，不料竟惹起了约翰逊的愤怒，使得约翰逊于一七五五年二月七日写了给柴斯菲德那封著名的信：伯爵大人阁下：

近承《世界报》社长见告，介绍拙编字典之两篇文字乃出自阁下之手笔。愚过去从无受名公巨卿垂青之经验，今遇此殊荣，诚不知如何接受，何词以谢也。

忆昔在轻微鼓励之下，初趋崇阶，余与世人无异，窃为阁下之风度所倾倒，不禁沾沾自喜，自以为"世界之征服者"亦不过如是矣；举世竞求之恩宠，余从此可以获得矣；但余之趋候似不受欢迎，自尊与谦逊之心均不许我继续造次。昔曾公开致书阁下，竭布衣之士所能有之一切伎俩以相奉承。余已尽余之所能为；纵微屑不足道，但任何人皆不愿见其奉承之遭人轻蔑也。

阁下乎，自余在尊府外室听候召见，或尝受闭门羹之滋味以来，已七年于兹矣！在此期间，余备尝艰苦，努力推进余之工作，终于将近杀青，曾无一臂之助，无一言温勉，无一笑之宠。此种遭遇非余始料所及。因余以前从无保护人也。

维吉尔诗中之牧羊人终于认识爱情之真面目，发现爱情乃如山居野人一般之残酷。

所谓保护人者，阁下乎，岂见人溺水做生命挣扎而无动于衷，方其抵岸乃援以手耶？今谬承关注余之艰苦工作，设能早日来到，则余受惠不浅矣。但迟迟不来，今则余已不复加以重视，无从享受；余已丧偶，无人分享；余已略有声名，不再需要。对于不曾从中受益之事不表感激，关于上天助我独力完成之事不愿世人误为得力于保护人，此种态度似不能视为狂傲无礼也。

余既已进行工作至此阶段，曾无任何学术为人眷顾，则于完成工作之际如遭受更少之眷顾，假使其为可能，余亦将不觉失望；因余已白大梦初醒，不复怀有希望，如往昔之怀抱满腔热望，自命为

阁下之最低微最忠顺之门下士
约翰逊

这一篇文情并茂的文字一直被后人视为近代文人的"独立宣言"。因为这是最富有戏剧性的对于保护人制度的反抗。此后保护人制度即逐渐被社会的广大读众所代替。作家不必再看保护人的眼色,但是要看读者大众的眼色!这一封著名的信直到一七九〇年鲍斯威尔才把它正式发表,售价半基尼。

沉默的庞德

《新闻周刊》（一九七〇年十一月九日）载：

庞德八十五岁生日，记者一个接一个地到他威尼斯的家中，企图访问这位羁留国外的美国诗人。他以奇异的方式招待记者，细心聆教，但不回答，保持他近年来一贯的沉默作风。他的管家婆奥尔加·罗芝代他答复一切问题，有时庞德点头表示同意，否则就挺直地僵坐椅上。"他也许像是与世隔绝，"罗芝夫人承认，但又补充说他并非如此，"实际上他注意世上每一件事，而且倾听别人的言论。他像是一部停放着的汽车，而火门未熄。车是不动，但是内部依然在动。"

庞德是一位才气很高的诗人。四十六年前我和闻一多一起研读美国意象派（Imagists）的作品，就对他的诗特别激赏，认为是其中的翘楚。十几年前我又读到他译的《诗经》，虽然距离原文太远，但是非常可读，不愧为诗人的翻译。可能是菲茨杰拉德译奥玛·海亚姆"四行诗"以后第一部精彩的诗译。

庞德在第二次世界大战中投在法西斯一面，却是大错特错，晚节不保，无不为之惋惜。出卖国家的叛徒，纵然文采风流，亦无足取。"像是一部停放着的汽车，而火门未熄"，亦惨矣！

华苓寄来几册诗集，内有《庞德诗选》，页三十九 *Epitaphs* 一首竟有这样的句子："李白也是醉死的。他企图抱月，在黄河里。"滚滚黄流里还能看到月亮！

奥杜邦

奥杜邦（John James Audubon）是一个爱鸟的人，我看他画的各种各样的鸟栩栩如生，想其人必定慈祥和善，没想到他是最喜欢猎鸟的人！一九七三年二月二十五日《纽约时报》（第十一部分）有 Roy Bongartz 一文，其中有这样一段：

洛泊·库施曼·墨斐是美国历史博物馆前任鸟部主持人，他说："奥杜邦用他的画笔绘鸟，可以激起任何人的柔情，但是其人却有原始的打猎的本能。至少在年轻时候，他好猎杀，乐此不疲……在佛罗里达州一日射杀若在一百只以下便是所获不丰。他甚至于在船甲板上也要射鸟，明知射下来无法拾取。在路易斯安那州，他发现了一个新的品种——翅端硬翎的燕子，并不是由于先观察到它有研究的价值，而是由于随便想到不知一枪能打下几只，他信手一试，打下了一大堆以前不曾见过的小鸟。"

这是不可思议之事！爱鸟的人而以杀鸟为乐！

有一天，我们寓所的窗井里扑哧扑哧地响，原来是只红襟鸟掉在里面了，不知为什么竟飞不出来。我的两个外孙爱莫能助，急得团团转。隔着玻璃窗可以看见它腹部淌着血，显然是受了伤。这时候天气很冷，暮霭渐深，若不急救，势将冻死。

忽然想起了"仁爱会"（Humane Society），那是惠及禽兽的一个民间组织，打电话过去请求援手。接电话的人说她是专管猫狗一组的，鸟类救助另有专家，承她指点，我们另打电话给一位"鸟夫人"（bird lady），可惜是因为星期日未能找到她。情急之下，我们打开窗子让它先飞进室内，它歪歪斜斜地在室内乱飞，我们终于抓到了它。这种野鸟是不能在室内豢养的，于是把它送到草地上让它喘息，它终于一痛一拐地连跑带飞地越过了篱笆飞到一棵矮树上面。我们望着它很久很久，两个小孩子撇下了晚饭不吃，为了照顾这只受伤的鸟。

外国的孩子在学校里就受到一种教育，要爱护小动物。所以，公园里常常有松鼠、鹌鹑、兔子、鸭子，没有人伤害它们，好像是一切有生命之物都能和平相处，古远的淳朴的世界，依稀尚可窥见一斑的样子。至于狗猫所受的宠爱，那就更不必说。不过另有一矛盾的现象：打猎好像也是西方人公认的一种高尚娱乐，手持现代化的利器到深山大泽里去屠杀兔子、山鸡、鹌鹑、野鸭、狐狸、麋鹿、野猪以及狮、虎、豹等野兽，如有所获辄扬扬得意，不觉得这是野蛮的可卑的行径。而且还要进一步予以制度化，颁出一套狩猎法，指定何时何地可以行猎，其动机是唯恐禽兽一经赶尽杀绝，此后便无取乐之对象，其间丝毫没有蔼然仁者之所用心。渔猎时代，杀生以谋生计，犹有可说，洪水猛兽为了人类安全也应在排斥之列。到了文明时代，奈何仍以不必要的杀伤生物以为取乐之道？

从前英国的王家狩猎，是王率百官隐身于一安全而有利的地方，由猎场守者驱赶成群的野兽于王前经过，王发矢石，轻而易举地有所斩获。这样的行为是于野蛮之外再加上卑鄙可耻！我们中国从前帝王狩猎是否如此，我不知道。

亚瑟王的故事

亚瑟王和他的圆桌武士的故事，一向流行很广，尤其是丁尼生把这些故事写成了叙事诗，多有渲染，使其更近于人情，遂成为每个儿童都耳熟能详的通俗读物。骑士踏上征途，茫茫然不知所之，寻求刺激，扶弱抑强，以游侠自任，或除暴客，或斩妖邪，一波未平一波又起的永无休止。中古时期特有的一种浪漫的恋爱观，所谓"高雅的爱"，对意中人奉若神明，唯命是听，赴汤蹈火，在所不辞，而对象又往往是有夫之妇，于是幽会私奔，高潮迭起。凡此种种，把这中古罗曼史点缀得花团锦簇、色彩鲜明，至今仍能给人以新奇的喜悦。

亚瑟的故事有很多荒诞不经的地方，像亚瑟的那一把魔剑，能削铁如泥，插在石头里谁也拔不出来，一定要等待"真命天子"才能一拔即出，亚瑟垂死之际这把剑又被抛在水里，水里伸出一只怪手把剑接了过去而逝。帮助亚瑟杀敌致果的魔师梅林，幻术百出，真是神通广大。像这样奇异的穿插，一望而知是诗人的捏造，无论是儿童或成年的爱听故事的人都不妨姑妄听之。但是也有喜欢刨根问底的人，要进一步问亚瑟与其圆桌武士究竟有无其人，是历史上的真实人物，抑或是诗人向壁虚造的资料？因为亚瑟王是第五或第六世纪的人物，而当时各家史籍竟无片言只语涉及其人，偶有提到他的文字亦语焉不详，甚至带有神话意味。所以研究文学与历史的人，大概都对亚瑟故事之真实性持保留的态度。近阅六月二十一日《新闻周刊》，有一段关于亚瑟的报道，如下：

亚瑟王的传说，一直有人信以为真，最近英国的历史学家顿宁（Robert Dunning）在反对方面又添上了他的异议。他写了一本书关于萨摩塞郡的基督教的历史，他说亚瑟王故事至少有一部分是十二世纪的格拉斯顿伯里寺院中的僧侣搞的一项招揽生意的噱头，这寺院据说是亚瑟王及其不贞之后桂妮维亚的埋身之所。据传说，亚瑟王在六世纪中叶，在战斗中受了致命伤，然后由一船载之而去，到了一个名为阿瓦龙的魔岛之上，其地在英格兰之西方。格拉斯顿伯里寺就是建在那个地方，但后于一一八四年毁于火灾。有一天，寺僧掘地为墓，掘出了一个铅质十字架，上有拉丁文字："著名的亚瑟王长眠于此阿瓦龙岛上。"再往深处掘，乃发现庞大的橡木棺，内有一躯体壮大的男子骨骼及一骷髅，左耳上方有曾被击碎模样。尸骨的一边又有一副较小的骷髅，几缕细弱的黄发。

当时一般人都以为这遗骸就是亚瑟王及桂妮维亚。但是顿宁在仔细研究一切有关文献之后，乃得一结论，这可能全是那些僧人编造出来的谎言，借以敛财重建寺院。捐款纷纷而来，但是被狮心王截断了，因为他更感兴趣的是第三次十字军。"人们必须加以诱骗使之继续地慷慨输将，"顿宁说，"伪造文书与欺骗行为好像在最虔诚的宗教人士之间，也不是不常见的。格拉斯顿伯里建筑基金的来势渐行疲软之际,硬指格拉斯顿伯里为阿瓦龙而且发现了亚瑟的墓,岂不是最好的宣传手段?"

凡是传说,当然是不易消灭的。在格拉斯顿伯里之南仅仅十英里的地方,有一群英国考古学家,号称"卡美洛特研究委员会"已经在一座山下掘了好几年,以为那就是亚瑟王宫廷所在的卡美洛特之故址。已故的丘吉尔对于揭发亚瑟王故事之虚伪的人也不大以为然。在他的《英语民族史》里,丘吉尔描述亚瑟王的传说为:"其题材之踏实,其灵感之丰富,其为人类遗产之不可分割的一部分,较之《奥德赛》或《旧约》皆无逊色。全是真实的,或者说应该是……"

丘吉尔最后一句话是很狡狯的。他知道那不是真实的,所以他补加一句转语"或者说应该是……",凡是神话之类的东西,日久逐渐成为传统或历史的一部分,一般人明知其虚伪也不愿加以揭发,因为一经揭发,传统或历史不免要损失一部分色彩,传统与历史需要装潢。

造谣学校

好的文学作品,不分古今中外,亦不拘是否反映了多少的时代精神,总是值得我们阅读的,谢立敦的《造谣学校》(Sheridan: *The School for Scandal*)即为一例。

谢立敦是英国的戏剧作家,生于一七五一年,卒于一八一六年,原籍爱尔兰。英国有许多喜剧作家都是爱尔兰人。爱尔兰人好像是有俊俏幽默的民族性,特别宜于刻画喜剧中的人物。《造谣学校》是他的代表作,布局之紧凑,对话之幽默、俏皮、雅洁,以及主题之严肃,均无懈可击,上承复辟时代喜剧的特殊作风,下开近代喜剧如萧伯纳作品的一派作风,全属于"世态喜剧"的一个类型。

《造谣学校》主要布局是写两个性格不同的弟兄,弟弟查尔斯是一个挥霍成性的浪荡子,但是宅心忠厚、禀性善良;哥哥是表面上循规蹈矩,满口仁义道德的文质彬彬的君子,实则是贪婪伪善的小人,经过几度测验,终于露出了本来面目,显示了无所逃遁的真形。其间高潮迭起,趣味横生,舞台的效果甚大。像这样的布局,在戏剧中并不稀罕,但是背景的穿插布置颇具匠心,所以能引人入胜。最能令人欣赏的不是戏中所隐含的劝世的意味。戏剧不是劝善惩恶的工具，戏剧是艺术，以世故人情为其素材，固不能不含有道德的意义，但不必有说教的任务。此剧最有趣味的地方之一应该是司尼威夫人所领导的谣言攻势。此剧命名为"造谣学校"，作者寓意所在，亦可思过半矣。

长舌妇是很普遍的一个类型，专好谈论人家的私事，嫉人有、笑人无，对于有名望、有财富、有幸福生活的人们，便格外地喜欢飞短流长，总要"横挑鼻子竖挑眼"地找出一点点可以訾议的事情来加以诽谤嘲笑，非如此则不快意，有时候根本是空穴来风，出于捏造。《造谣学校》一剧有很著名的一例：

> 有一晚，在庞陶太太家里聚会，话题转到在本国繁殖诺瓦斯考西亚品种羊的困难。在座的一位年轻女士说："我知道一些实例，丽蒂夏·派泊尔小姐乃是我的亲表姐，她养了一只诺瓦斯考西亚羊，给她生了一对双胞胎。"——"什么！"丹狄赛老太婆（你知道她是耳聋的）大叫起来："派泊尔小姐生了一对双胞胎？"这一错误使在座的人哄堂大笑。可是，第二天早晨到处传言，数日之内全城的人都信以为真，丽蒂夏·派泊尔小姐确实生了胖胖的一男一女；不到一星期，有人能指出父亲是谁，两个婴儿寄在哪个农家养育。

谣言是这样的，有人捏造，有人传播，传播的时候添油加醋，说得活灵活现，不由得听的人不信，说派泊尔小姐生了双胞胎，这还不够耸动，一定要说明其细节才能取信于人，所以双胞胎是一男一女，生父是谁，寄养在什么地方，都要一一说得历历如绘，不如此则不易取信于人，这是造谣艺术基本原则之一。再如一个女人的年龄永远是一项最好的谈论资料。如果一个女人驻颜有术，则不知有多少人千方百计地要揭发她的真正年龄，种种考据的方法都使用得上，不把一位风姿绰约的女人描写成一个半老徐娘则不快意。如果一个女人慷慨豪迈，则必有人附会一些捕风捉影的流言，用一些调言套语，暗示她过去生活的糜烂。对女人最狠毒的诽谤往往是来自女人。《造谣学校》里的几位夫人、太太是此道的高手。捏造谣言的，其心可诛；传播谣言的人，其行亦同样的可鄙；而假装正经表面上代人辟谣，实际上加强诬蔑者，则尤为可哂，例如《造谣学校》中的坎德尔夫人即是。彼特爵士说："当我告诉你她们诽谤的人是我的朋友，坎德尔夫人，我希望你别为她辩护。"因为她越辩护，越加深了那诽谤的效果。

彼特爵士说："上天作证，夫人，如果他们（国会）以为戏弄他人名誉是和在花园里偷取猎物一样的严重，而通过一个'保存名誉法案'，我想很多人要因此而感谢他们。"司尼威夫人说："啊，主啊，彼特爵士，你想剥夺我们的权利吗？"彼特爵士说："是的，夫人；以后不准任何人糟蹋人的名誉，除了有资格的老处女和失望的寡妇。"这是讽刺。遏止谣言不能寄望于立法。我们中国有一句老话：流言止于智者。流言到了智者的耳里，即不再生存。可惜的是，智者究竟不多。

桑福德与墨顿

儿童读物除了具备高度趣味之外，总不免带有教育的意义，或是旨在益智，或是注重道德修养。过去的儿童读物有些特别成功的，流传至今，成为古典，其所描写必定是千古不变之人性，纵然其故事部分情节或已成明日黄花，其中议论或有不合现时潮流之处，但趣味犹存，无伤大雅。读十八世纪英国的一部小说《桑福德与墨顿的故事》(The History of Sandford and Merton)，作者是陶玛斯·戴 (Thomas Day)，深觉一部作品之禁得起时间考验，必有其永恒之价值。

陶玛斯·戴是伦敦人，生于一七四八年，卒于一七八九年，出身牛津及中殿法学院，毕生致力于道德的与社会的改革运动。其最著名的作品便是一七八三至一七八九年出版的《桑福德与墨顿的故事》，好像是专为儿童阅读的，虽然他没有打出"儿童文学"的旗号。

英国西部有富翁墨顿者，在牙买加岛拥有巨产，雇用奴工种植甘蔗，仅有一子陶美，钟爱异常。陶美在奴仆环侍之下养成骄奢狂放的恶习，其母又溺爱不明，不使读书，任其随心所欲。贪食致病，不肯服食药饵，亦听之。在宾客面前毫无礼貌，跳踉恣肆，有一回几被一壶沸水烫死。身体羸弱，弱不禁风。陶美六岁时返回英伦，四体不勤，读写算一概不通，而骄傲使气，无一是处。墨顿家附近有一诚实农人，姓桑福德，亦有一独子，名哈利，与陶美年相若，哈利奔驰田野，体健活泼，性情良善，特富同情心，有时泽及动物，地上昆虫亦避免践踏。乡村牧师巴娄先生特喜爱之，教以读写，提携备至。哈利养成不诳语之习惯，而且不贪食。食取果腹，饱食之后虽糖果当前亦不顾。一偶然之机会使此身世性格全然不同的两个孩子聚在一起。一日夏晨，陶美与女婢在乡间采花捕蝶为戏，丰林长草之间忽然巨蛇缠在陶美腿上，二人惊骇欲绝，不知所措。哈利适过其地，乃奋勇抓住蛇颈，掷之于数步之外，陶美得免于难。墨顿夫人等闻讯而来，对哈利·桑福德深表感激，乃邀至其家，款以饮食。哈利初入豪富之寓邸，所闻所见无不新奇，然不为之炫，以为金杯银盏不及农家牛角杯之禁得起磕碰。饭后饮酒，哈利又拒之，盖受巴娄先生之教，非渴勿饮，非饥勿食，墨顿夫妇大异之，以为哈利在巴娄教导之下深明道理，俨然哲学家之口吻，乃有送陶美亦去受教之意。哈利回家之后，以经过告知乃父，力言富室之家不及农舍之舒适。

墨顿夫人以为哈利豪爽善良，但嫌粗鲁，中下层社会之子弟究不如时髦人士家中子弟之高雅，墨顿先生的想法不同，仪表风度无关宏旨，且容易学习，真正的文质彬彬的君子应有高尚的情操、出众的勇敢，益以真诚的礼貌，于是他决定送他的陶美到巴娄先生处受教育，并且造访桑福德，请以哈利为陶美之读书伴侣，哈利之一切食宿费用由他负担。巴娄先生初则谦逊不遑，终于接受了他的请求。翌日正式教学，第一桩事是巴娄先生持铲，哈利持锄，在园圃做工。"要吃东西，就要帮助生产。"陶美也分得一畦地，而陶美说："我是绅士，不能像农夫似的做苦工。"巴娄先生也不勉强他，但是巴娄完工之后和哈利食樱桃，没有他的份，陶美哭了。等到吃晚饭的时候，也没有他的份。哈利于心不忍，把自己的食物分给他吃。

翌日，巴娄先生和哈利又上工做园艺，陶美自动要求也要一把锄。他不会使用，屡次砍到自己的腿，巴娄先生教他如何挥动锄头，不久他就会了。工作完后一起吃水果，陶美胃口大开，其快乐为生平所未有。巴娄要他读个故事给大家听，他又窘了，他不能读，只好由哈利来读。陶美因此发愤，请哈利教他读，由识字母起进展很快，不久读故事已能朗朗上口，巴娄先生亦为之欣喜不已。陶美得意忘形，自以为知识已丰，巴娄先生诫之曰："若无人帮你，你一无所知，即是现在你亦所知甚少。"

陶美非驽，学习很快。但是他对贫苦的人傲慢无礼，有一次吃了苦头。他击球落于篱外，适有衣衫褴褛的儿童经过，陶美以命令口吻令他拾捡起来。童子不理，遂生口角。陶美大怒，跃过篱笆欲报以拳，不料下临泥沟，陷入污泥而不能自拔，赖童子援手始得出困，浑身泥染，狼狈不堪。

陶美和哈利合作造一间茅舍，初则风吹壁倒，继则雨水渗漏，他们不气馁努力改善，深深打桩以固墙基，无虞风暴，屋顶倾斜使不积水，即可不致渗漏。

有一天，陶美的父亲突然来接他回家，陶美已完全变了一个新人，他哭哭啼啼地说："我过去累及父母，实在不配享有那样的爱。"桑福德先生也来了，墨顿把他拉在一旁，除了申谢之外他以数百镑的钞票作为赠礼，桑福德坚不肯受，而墨顿则坚求其收下。陶美临别时对哈利说:"我不会和你离别太久的,我如有寸进皆是由于你的榜样。你教导了我,做一个有用的人比富有或华丽好得多,做一个好人要比伟大的人好得多。"

故事的梗概约略如此,其中还穿插着若干短篇故事。这部小说在当时流行很广,许多父母教导儿女:"读你们的桑福德与墨顿去!"显然这部小说是受卢梭的教育小说《爱弥儿》的影响,但是在自由主义的教育精神之外,又加上了道德教训,这就是英国民族性和法国民族性不同的地方。

大街

《大街》是美国辛克莱·路易斯（一八八五——一九五一）的重要作品之一，刊于一九二〇年。中文译本张先信译。

厚厚的一部小说，拿在手里几乎像是一块砖头似的重，能令人从头看到尾，这就不简单。一个故事并不等于是一部小说，可是一部小说一定要有一个故事。《大街》的故事是这样的——

凯洛尔·密尔福特是美国明尼亚波利斯附近一所小型学院的毕业生。她在学校里是相当活跃的，有多方面的兴趣，有轻盈的体态，有反叛的性格，有改革家的抱负，毕业之后在芝加哥学习图书馆学。后来在一个偶然的机会里遇到了维尔·肯尼柯特，他是明尼苏达州地鼠草原的一位医师，此人性情和善、头脑冷静，但无太多的想象，比她大十二三岁。一个秀丽少女和一个富裕的未婚男子遇在一起，发生恋爱是很自然的事，那种关系是"生理和神秘的混合"。结果是他们结婚了。她当然是跟了他到地鼠草原去，去做家庭主妇，但是她并不志在做家庭主妇。他告诉她，地鼠草原需要她去做一番改革。

可惜一到了地鼠草原，凯洛尔大失所望，原来那地方是风气闭塞的穷乡僻壤，人民抱残守缺，愚蠢落后，并不欢迎改革。那条大街便是标准的丑陋的标志。"传统的故事为什么都是谎话？人们总把新娘进门形容得美好无比，认为姻缘都是十全十美。实际上完全不是那么一回事。我现在没有任何改变。而这小镇——我的天哪！我怎能住得下去，这是一座垃圾堆！"她的丈夫很满意于他的家，他说："这是一个真正的家！"他唱起灶神歌：

我有一个家，
可以随心所欲，
随心所欲，
这是我和妻儿的窝，
我自己的家！

他不是不明白凯洛尔的心情，他说："我不期望你认为地鼠草原是天堂。我也不期望你一开头就特别喜欢这个地方。但是慢慢地你会喜欢它的——在这里，自由自在；所接触的都是世界上最好的人。"但是事实上凯洛尔所接触的净是一些庸俗而鄙陋的人。他们喜欢的是瞎嚼咀、玩桥牌、谈汽车、打猎捕鱼。

她的家庭内最初一场风波是因钱而起，她手里没有钱，有时候很穷。"我用钱的时候必须向你恳求，每天如此！"于是他塞给她五十块钱，以后总记得按时给她钱。

在校园中她努力应付，但是究竟品类不同，难以水乳交融。有几个人比较谈得来，例如，她丈夫从前追求过的一位女教师维达·薛尔文，一位有学问的律师盖·包洛克，一位瑞典的流浪汉迈尔斯·勃尔斯泰姆。但是在凯洛尔的生活中引起轩然大波的，是新来镇上在一家裁缝店里工作的二十五岁的小伙子。他名叫埃里克·华尔柏，瑞典人，大家取笑他，说他的服装和言谈都有点女人气，称他为"伊丽莎白"。凯洛尔觉得他"光芒四射，与众不同……从他的脸上可以看到济慈、雪莱"。她径自到裁缝店去见华尔柏，谈得甚为投机，以后便常有来往，一同出去散步、划船。有一天趁医师不在家，他溜进她的院子，她引他入室，登楼、参观卧室……然后"她不禁全身瘫痪，头往后仰，两眼微闭，陷入一阵多彩多姿的迷惘"。男女之事，有太多的人喜欢做义务的传播，于是风风雨雨，她的丈夫焉能不有所闻？有一次撞见他们在野外，遂使事情到了摊牌阶段。肯尼柯特一点也不鲁莽，只要求她和他一刀两断，并且以引咎的口吻向她解释说："你明白我的工作性质吗？我一天二十四小时，马不停蹄地在泥浆和大风雪中到处奔跑，拼命救人，不分贫富，一视同仁。你常说这个世界应该由科学家来统治，不应该让狂热的政客来统治，你难道不明白我就代表着此地所有的科学家吗？"言外之意是说，莫怪一个做医师的丈夫为工作所限制而无暇和你经常地谈情说爱。事实上，除了无暇之外，这位医师的气质也是一个问题。凯洛尔敬重他，但很难在爱的方面得到满足。多少妻子因此饮恨终身而不敢表达她的衷曲！这一场风波的结果是夫妻外出旅行三个半月。凯洛尔随后离家，远赴华盛顿觅得一份工作，但是一年后对工作也不无厌倦，"觉得自己不再是一个目中无人的哲学家，只是一个已经衰老的女公务员"。她的丈夫到华盛顿来看她，对她说："我希望你回来，并不请求你回来。"最后，凯洛尔回去了，可是并不觉得自己完全失败，她于表现反抗精神之后回到地鼠草原去继续做一个贤妻良母，继续对社区活动积极参加。

这样的一个故事，平铺直叙，很少曲折。背景是美国中西部的一个小镇，时间是第一次世界大战前后，主要人物与情节是一对夫妻的悲欢离合。作者对于庸俗的乡镇做了深入的讽刺，对那些知识浅陋、头脑顽固、胸襟狭隘，而又自满自足的人物做了相当含蓄的攻击。我们要注意：这庸俗与阶级无关。哪一个阶层都有它的庸俗分子与庸俗见解。《大街》里的人物包括了上、中、下三个阶层，各有其可厌的人物画像。凯洛尔值得同情，但是肯尼柯特不仅值得同情而且值得敬重。一个家庭应该由男人做一家之主，使女人沦于奴隶地位，以烧菜洗盘断送其一生吗？一个女人应该接受传统环境所炼成的缰锁，在感情生活方面永远受着压抑，而不许越雷池一步吗？这样的问题，《大街》都提出来了，虽然不曾说出明确的答案。文学作品的目的，就是要提出问题，而不是一定要提供答案。像《大街》这样一部有名的小说，在美国现代文学中已有定评，中译本前无序言，后无跋语，我想这缘故大概即是要读者自己去体会其中的意义，最后应该一提的是译者张先信先生的译笔既忠实又流利。

斯威夫特自挽诗

斯威夫特以《格列佛游记》一书闻名于世,若干讽刺性的散文亦颇脍炙人口,但他的诗作近亦越来越为人所注意。其中一首自挽的诗,《悼斯威夫特博士之死》(*Verses on the Death of Dr. Swift*)是最著名的。据作者于一七三一年十二月一日给他的好友约翰·盖的信上说:"我最近数月写了近五百行,题目甚为有趣,只是叙说我的朋友与敌人在我死后有何话说,不久即可脱稿,因我每日添加两行,删削四行,修改八行。"诗成后未即发表,第一版刊于伦敦,一七三九年,未得作者许可,原文约三分之一以及作者原注均被略去,因为刊行的人恐怕开罪当道而受连累之故。同年都柏林又有一版本刊行,仍不完善,但已较为忠实。有若干处作者原意不明,有待于后之编者的悉心编纂。最谨严的重纂本是H.Williams的,见《斯威夫特诗集》卷二。

诗人大概都很旷达,所以不讳言死,有些人常自撰墓铭,但是像斯威夫特之写长篇自悼诗者却不多见。斯威夫特此诗在标题下有两行小字,说明此诗之缘起系读到法国格言作家拉饶施福谷的一句格言有感而作,格言是这样的:"在我们的知交遭受困难之际,我们会发现一点什么,可使我们并不感觉难过。"幸灾乐祸是人性的一部分，谁也免不了，纵然不形之于色，内心里总不免要兴起"我多幸运，这灾祸没有发生在我头上"之感。所以斯威夫特预料自己死后他的朋友与敌人都不免有话要说。照例，人死之后专说好话，在他生时舍不得说的赞美之词一定要在他的耳朵听不到的时候才毫不吝啬地讴颂出来。不过也不一定永远如此。有些怀有敌意的人，就是在一个人已经盖棺之后也还饶不了他，在死人身上戳几刀也觉惬意。斯威夫特是一个极敏感的人，这一切他早料到，所以，与其让别人在身后说三话四，倒不如自己把那些悦耳的与逆耳的话先说出来。英国十八世纪是一个党争甚烈的时期，几乎没有一个文人不卷入派系斗争的旋涡里去。斯威夫特一生在这旋涡里翻滚，他的讽刺的文才就是这样培养出来的。

讲到讽刺，斯威夫特也有他的分寸。他借了一个朋友的口说：

也许我应该承认，
堂长血脉里有太多讽刺的成分，
他好像决意不要它消乏，
因为没有时候比如今更需要它。
但是他从来没有恶意，
他打击罪恶，总把姓名隐起。
没有任何个人会表示不满，
因为有成千上万的人同样受谴。
他的讽刺不指向任何毛病，
除非是大家都可加以改正；

> 有一种人他最厌恶，
> 明明是谩骂，偏说是幽默……

换言之，他的讽刺是以认事不认人为原则的。这是一个理想，讽刺罪恶而能保持温柔敦厚的气度，是很难的。谩骂与幽默其间的差别有时也是颇为微妙的。斯威夫特死后，遗产捐给公家用以兴建一所疯人院，这是他一生中最后一次幽默作风的表现。

他捐出他的小小的资产，去建立一所疯人院，他用这样一个讽刺的手法，说明这个国家最迫切地需要它。

其实斯威夫特毕生为自由而奋斗，领导爱尔兰人反抗英国的压迫，那锲而不舍的精神也可以说是疯狂的。他最大的一项贡献是以纱布商W.B.Drapier的假名写五篇公开函反对半便士铜币的发行，这铜币是由一个名叫Wood的人在英国以贿赂方式取得铸造特权，如果得以发行则爱尔兰的金银全被剥夺，其害甚大。斯威夫特这一举动，功在国家。英、爱两国政府各悬三百镑重赏缉拿该函作者，时爱尔兰人无人不知其作者为斯威夫特，但没有一个人为贪求赏金而告密。关于此事，斯威夫特颇为自负，念念不忘：

> 因为"自由"是他唯一的口号；
> 为了她，他准备随时死掉；
> 为了她，他曾勇敢地独立，
> 为了她，他常暴露了自己。
> 两个国家，由于党派倾轧，
> 都曾悬赏来查缉他；

但是找不到一个肯出卖他的人,
为了那六百镑的赏金。

斯威夫特一方面尽管是热情奔放,另一方面却是冷静得出奇,他临文非常沉着,他看准了一个问题的核心所在,不慌不忙,抓紧了那个中心概念,然后使用他的绝招——反语,毫不留情地予以针砭!对于他的文笔他有自知之明:

他好用反语,而态度谨严,
暴露愚冥,打击凶顽;
别人的牙慧他从不拾取,
他所写的都是他自己的。

所谓反语,即是字面上的解释与作者真实的意向正好相反的话。明明是恭维,实际是挖苦;明明是斥责,实际是颂扬。他的散文《一个小小的提议》提议把爱尔兰的孩子宰了给英国地主们吃掉以解决饥荒,便是最佳的反语文学作品之一例。他怨恨他的朋友阿布兹诺:

阿布兹诺不再是我的友人,
他胆敢使用反语行文,
那乃是由我把它引入,
首先加以改进,展示它的用途。

这不是嫉妒,这是一方面称赞朋友,一方面又十分自负。

尘劳

纠缠我们太甚，夙兴夜寐，
赚钱又挥霍，我们浪费了精神；
自然界很少事物使我们赏心悦目；
我们抛弃了一心，真是不合算的买卖！
向月亮坦露胸怀的大海；
那无时不在的怒吼而现在没有声音
像睡花闭拢起来似的狂风阵阵；
这一切，我们都觉得合不来；
它不能感动我们。——神啊，我宁愿
是古老教条抚养大的异教徒一个；
以便伫立在这愉快的草原，
瞥见一些什么，减少我的寂寞；
看普洛提阿斯自海中涌现；
或是听老特莱顿吹他的海螺。

这首十四行诗是华兹华斯一八〇六年左右作，也许是他前前后后所作约五百首十四行诗中之最为人所熟悉者。第一行是 The

world is too much with us，即以为题，人生苦短，整日为名缰利锁所牵，连大自然的良辰美景都不能享受，真是何苦来哉！华兹华斯反对对过度的物质享受的追求，主张归真返璞，宁愿做一个原始的异教徒！其实古今中外的文人雅士没有不向往山林的。苏东坡诗"朝来挂笏看西山"，典出《世说新语》，王子猷以手版挂颊，自言自语地说"西山朝来，致有爽气"，言其在从政时并不忘情于自然之欣赏。

十四行诗格局谨严，在趣味上有一点点近似我们的律诗，一样有起承转合，只是没有对仗。华兹华斯作诗，主张使用日常言语，常常不是模仿民谣形式，便是以无韵诗行写成所谓的"谈话诗"，有意地打破新古典派的法则。但是在另一方面他喜欢写十四行诗，为弥尔顿以降，最大的十四行诗作者之一。这原因是华兹华斯究竟是一个艺术家，"征服困难"永远是一件乐事。能熟练运用文字的作者，还能怕音节的规律和韵脚的束缚吗？能作古典诗，才有资格谈新诗；能作新诗，才有资格谈古典诗。华兹华斯并不矛盾，十四行诗与歌谣体各有千秋。

四十多年前，我们的白话诗尚在萌芽时代，闻一多、徐志摩试行采用西洋诗的形式，尤其是闻一多译了勃朗宁夫人若干首"葡萄牙人的情歌"，又做了几首"商籁"，无非是偶然兴至。我当时就觉得此路不通。尤其是"商""桑"不分，"籁""耐"不分，听起来就别扭，可是"商籁"二字居然也有人沿用不误。有人嘲笑之为"戴着镣铐跳舞"，这也是不懂西洋诗的艺术者的皮相之论。只要舞得美，戴了镣铐又有何妨？中国文字和西洋文字不同，十四行诗生吞活剥地在中文诗里出现，难以成功，且亦无此必要。诗必须根据自己的传统寻求创新，外来的精神与形式不是可以不加选择即予采纳的。看华兹华斯之推崇十四行体，也是念念不忘西洋诗的传统的成就。下面是他一八二七年作的一首十四行诗：

莫轻视十四行诗

莫轻视十四行诗：批评家，你忘了
它的光荣所以才皱眉；用这把钥匙
莎士比亚打开了他的一心房；这小小的
琵琶的乐声曾安抚皮特拉克的烦恼；
用这笛子塔索吹出过千遍的歌调；
卡模昂在流亡中也用它来消遣，
但丁的花冠覆在他的冥想的额前，
十四行诗也曾在那柏叶之间照耀了
一片欢乐的叶子：是萤火的微光，
鼓舞了风流的斯宾塞，把他从仙境唤醒，
来和寂寞奋斗；一旦无情的沮丧
包围了弥尔顿的前程，在他掌中
这东西竟变成喇叭；他借以吹叫
惊心动魄的音调——哎呀，可惜太少！

拜伦

三年前在美国《新闻周刊》上看到这样的一条新闻：

且来享受醇酒妇人，尽情欢笑；
明天再喝苏打水，听人讲道。

这是英国诗人拜伦（一七八八——一八二四）的诗句，据说他不仅这样劝别人，他自己也彻底接受了他自己的劝告。他和无数的情人缱绻，包括他自己的异母所生的妹妹在内，许多的丑闻使得这位面貌姣好、头发鬈曲的诗人死后不得在西敏寺内获一席地，几近一百五十年之久。一位教会长老说过，拜伦的"公然放浪行为"和他的"不检的诗篇"使他不具有进入西敏寺的资格。但是"英格兰诗会"以为这位伟大的浪漫作家，由于他的诗和"他对于社会公道与自由之经常的关切"，还是应该享有一座纪念物的，西敏寺也终于改变了初衷，在"诗人角"里安放了一块铜牌来纪念拜伦。那"诗人角"是早已装满了纪念诗人们的碑牌之类，包括诸大诗人如莎士比亚、弥尔顿、骚塞、雪莱、济慈，甚至于还有一位外国诗人名为朗费罗的在内。

我当时看了这一段新闻，感慨万千，顺手译了出来，附上一篇按语，题为"文艺与道德"，以应某一刊物索稿之命。刊登出来之后发现译文中少了"包括他自己的异母所生的妹妹在内"一语。拜伦的种种丑行已见宥于西敏寺的长老，我们中国的缙绅大夫似乎还以为那些乱伦的事是不可以形诸文字的！

乱伦的事无须多加渲染，甚至基于隐恶扬善之旨对于人的隐私更不要无故揭发。但是拜伦之事早已喧腾众口，近来我尚看到一本专书考证拜伦这一段畸恋的前因后果，书名为"拜伦的女儿"，旁征博引，不厌其详，可是我终觉得是浪费笔墨。说来说去，不过是叙说拜伦于漫游欧陆归来之后，和他的异母所生的妹妹奥格斯塔如何的交往日密，以至于私生了一个女儿。当时奥格斯塔已嫁，嫁给了一位上校，名乔治·李，但是婚姻不幸，时起勃豀。拜伦因同情而怜惜而恋爱，在拜伦心目中奥格斯塔是最美丽、最纯洁的女子，可是他并不是不知道乱伦是一件严重的罪愆。他有一首诗，题为"为谱乐的诗章"（*Stanzas for Music*），是写给奥格斯塔的，有这样的句子：

没有一个美貌的女人
有像你这样的魅力；
我听到你说话的声音
与水上的音乐无异。
There be none of beauty's daughters
with a magic like thee;
And like music on the waters
Is thy voice to me.

女性说话的声音往往最能打动男人的心。看这几行诗可以知道拜伦对他妹妹如何倾倒。但是下面几行诗充分显示这一段畸恋如何使他忐忑不安：

你的名字我不说出口，我不思索，
那声音中有悲哀，说起来有罪过：
但是我颊上流着的热泪默默地
表示了我内心深处的情意。
为热情嫌太促，为宁静嫌太久，
那一段时光——其苦其乐能否小休？
我们忏悔，弃绝，要把锁链打破——
我们要分离，要飞走——再度结合！

I speak not, I trace not, I breathe not thy name,
There is grief in the sound, there is guilt in the fame:
But the tear which now burns on my cheek may impart
The deep thoughts that dwell in that silence of heart.
Too brief for our passion, too long for our peace,
Were those hours—can their joy or their bitterness cease?
We repent, we abjure, we will break from our chain, —
We will part, we will fly to—unite again!

他感到悲苦，他意识到罪过，但是他于决定分手之际仍企望着再度的结合。拜伦与奥格斯塔生下了一个女儿，一直在拜伦夫人的照顾下，夫人是以严峻著名的女人，对奥格斯塔所生的孩子当然没有感情，但是对于这可怜的孩子却也给了多年的相当的抚养,不过二人之间的感情极不融洽,孩子认为没有得到她所应得的一份遗产,夫人觉得她忘恩负义。这可怜的孩子身世坎坷,一再被人欺凌失身,颠连困苦,终于流浪到了法国,最后和一个年纪相当大的法国农夫结婚,不久又成了孀居。关于这个孩子的苦难,无须详加叙述,令人不能溢于言者就是拜伦当初未能克制自己,铸此大错,始乱终弃,并且殃及后人!

拜伦的很多行为不能见谅于社会,所以他终于去父母之邦,漫游欧陆,身死他乡。"不是我不够好,不配居住在这个国家,便是这个国家不够好,不配留我住下来。"历来文人多为拜伦辩护,例如,在最重视道德的维多利亚时代,麦考莱有一篇文章评论穆尔(Moore)所作的《拜伦爵士传》,便有这样的话:

我们知道滑稽可笑的事莫过于英国社会之周期性爆发的道德狂。一般讲来,私奔、离婚、家庭纠纷,大家不大注意。我们读了轰动的新闻,谈论一天,也就淡忘了。但是六七年之中,我们的道德观念要大为激动一次。我们不能容忍宗教与礼法被人违犯。我们必须严守反抗罪恶的立场。我们必须训告一般浪子英国的人民欣赏家庭关系的重要性。于是有一些运气坏的人,其行为并不比数以千百计的犯有错误而受宽容的人更为堕落,但被挑选出来成为示众的牺牲。如果他有儿女,便被强夺了去。如果他有职业,便被迫失业。他受较高阶层人士的打击,受较低阶层人士的奚落。事实上他成了一个代人受罚的人,借他所受的苦痛收惩一儆百之效。我们严责于人,沾沾自喜,扬扬得意地以英国高水准的道德与巴黎的放荡生活相比较。我们的愤怒终于消歇。受我们迫害的人身败名裂,伤心欲绝。我们的道德一声不响地再睡七年。

好像拜伦就是这样狼狈地被迫离开了他的祖国！事隔一百五十年，我们现在应该心平气和地做一更公正的论断。有一件小事值得提及，他走的时候并不狼狈，他定制了一辆马车，是按照拿破仑御用马车的形式复制的，极富丽堂皇之能事，他驱车渡海，驰骋于低地国家，凭吊著名的战场！拜伦对于拿破仑特有好感，室内摆着他的雕像，处处为他辩护，虽然对于他的残酷不是没有微言。"他的性格与事业无法不令人倾倒。"有人问拜伦当年风云人物有哪几个人，他回答说有三个，一个是花花公子 Beau Brummell，一个是拿破仑，一个是他自己！这倒也并非完全是吹嘘，十九世纪的前四分之一，拜伦在英国以及欧陆的名气确是震烁一时的。

作为一个诗人，拜伦的隆誉现在显然地在低落。文人名世，主要的是靠他的作品的质地。拜伦的诗好像是多少为他自己的盛名所掩。不过，在西敏寺给他立一块铜牌，他还是当之无愧的。

后记

奥格斯塔是拜伦的异母所生的姐姐，不是妹妹。我所以有此误，不是由于写作匆忙，也不是由于记忆错误，纯粹的是由于无知。英文 sister 一词，可姐可妹，我就随便地写成妹妹了。承读者黄天白先生为文指正，我非常感谢。

沙发

诗的题材,俯拾即是,而且并没有什么雅俗之分,端视作者的想法与手法是否高雅而已。雅的题目可能写得很俗,俗的亦可能写得很雅。

沙发,一俗物耳,何尝不可入诗?

英国十八世纪末诗人古柏(William Cowper)有一首诗,题名就是"沙发"。他写完《沙发》之后,接连又写了五首,《时钟》《花园》《冬夜》《冬晨散步》《冬午散步》,六首诗于一九八五年合刊为一集,集名为《任务》(The Task)。诗人在序言里说:

> 下面诗篇之写作过程简述于后——有一位女士喜爱无韵诗,要作者以此诗体试写一首,并指定题目为"沙发"。他遵命;适闲来无事,乃以另一主题系于其后;随兴之所至信笔写去,起初只想写一琐细小诗,终乃认真从事成为一卷。

事实经过颇为有趣。古柏所谓一位女士是奥斯登夫人,她屡次请他试写无韵诗,有一天他说:"如果你给我一个题目,我就写。""啊,你可以写任何题目,"她说,"就写这张沙发好了。"

于是他就写了这首诗,其实题目和内容并不相称,作者自己也知道。把约翰·吉尔宾故事讲给他听的也是这位奥斯登夫人,他听了之后一夜未睡,写成了那首著名的《疯汉骑马歌》。古柏的诗集刊行后,有人批评其标题"任务"二字为不当,他曾辩白说(见《书翰集》第一八四):

讲到这标题,我认为是再好不过。一部书包括了这么多的不同的题目,而其中又没有一个是主要的,要想寻一个能概括一切的标题,乃是不可能的。既然如此,引用此诗之所由产生的情况以为标题,似乎是必然的了;我所做的固已超过了所指定的任务,我觉得"任务"一词仍不失为一适当的标题。一座房子总归是一座房子,纵然造房者造出了一座房子比他预计大出了十倍。我大可以仿星期日报纸的例,称之为《杂俎》(*Olio*),但是那样做实在对不起我自己,因为此集花样虽多,自信尚不杂乱。

这首《沙发》长达七百七十四行,开端是这样的:

我歌咏沙发。我最近歌咏过
"真理""希望"与"慈善",以惶恐的心情
触过庄严的琴弦,以战栗的手
努力逃离了那探险的翱翔,
如今要休息一下写个平凡的题目;
题材虽然平凡,而情况仍然是
庄严可傲的——因为这是美人之命。

紧接着古柏就叙说沙发之历史的演变。首言古代的祖先，没有服装家具，睡在岩石或沙滩之上，随后创制了粗笨简陋的三脚石板凳，演进而为橡木制大坐凳。终于三只脚变成四只脚，座位上铺了软垫，覆以彩色的织锦。印度传进了藤，藤条编成了椅，椅背挺直，坐上去不舒适，座位又滑，坐上去不安稳，两足悬空，踏不着实地。抱怨最多的是女性，于是有靠背与扶手之双人长椅乃应运而生，一点点地进步而成为今日之沙发。

沙发宜于患关节炎者所享用（现代医学主张患关节炎者不宜坐沙发，而宜于坐高背硬椅），但是诗人说，宁愿牺牲这种享受，不愿患关节炎。诗人说，他一向爱的是散步于乡间青草铺垫的小路，他从小时候爱的是穿山越岭或是闲游江畔。

那时节没有沙发待我享受，
那时节我不需要沙发。青春
很快地恢复体力，长期劳动
只引发短期疲乏……

从这幼时漫步乡间的回忆，古柏抒发了他对乡间风景的爱慕。"现在我已不复年轻，而年轻时使我着迷的景物依然是可爱的，依然使我着迷。"他一一地描述乡间的风景、声音、花草、农舍、人物……乡间是可爱的，相反的，城市是可憎的。

虽然美好的事物在
淳朴而优雅的土壤里最能滋长，
也许只有在那里才能茂盛，

可是在城市里便不行；那些
狂傲、闹嚣，而唯利是图的城市！
各地的渣滓秽物都流入
这公共的肮脏的阴沟里来。

他把城市形容成为藏垢纳污的地方，富庶导致懒惰与淫逸，放荡与贪婪。但是古柏也不得不承认，城市孕育艺术、科学与哲学，伦敦是最美的城市也是最恶劣的罪恶渊薮。他的最后结论可以用一行警句做代表：

上帝制造了乡村，人制造了城市。
(God made the country, and man made the town.)

纳什

美国的打油诗大家纳什（Ogden Nash）于一九七一年五月十九日病逝，享年六十八岁，我开始读他，是由于前几年余光中先生送给我一本 The Golden Trashery of Ogden Nashery。这部诗选集的题名就可笑，正合于纳什的作风。纳什喜欢使用稀奇古怪而听起来也很合辙的脚韵，有时为了凑韵而不惜制造有趣的新字。他不拘章法句法，有时短短两行，有时一行长到好几十个字。其内容有时是轻松的嘲笑，有时是严肃的讽刺。他的诗曾受到广大读众的欢迎，一九四四年二月出版的纸面袖珍本诗集，一年之内销了七十六万五千册。

下面一首《日本人》是用传统的方法写的，没有特殊的章法韵法，但是讽刺的意义十分强烈。

日本人

日本人有多么彬彬有礼；
他总是说："请原谅，对不起。"
他爬进了邻居的花园，

他微笑着说:"我请你多包涵。"
他鞠躬,很友善地咧嘴一笑,
把他一群饥饿的家人招来了;
他咧嘴笑,然后友善地鞠躬;
"真抱歉,现在这是我的园庭。"

布劳德斯基的悲剧

一九七二年六月十九日的《新闻周刊》载苏俄诗人布劳德斯基被迫害的情形:

那是一九六四年冬天。一位苏联的女审判官萨夫雷亚夫人,以轻蔑的眼光看站在她面前的褴褛不堪的二十三岁的被告。

问:你是做什么的?

答:我是一个诗人。

问:谁说的你是一个诗人?谁把你放进诗人之列?

答:没有人。谁又把我放进人类之列?

问:你学习过如何做诗人吗?

答:我以为你不能在学校里学习到这个。

问:那么如何学呢?

答:我想这是从上帝那里来的。

布劳德斯基确实是使苏联当局感到棘手的一位诗人。审判时,他在新潮文艺界中已很著名,他的稿件在莫斯科与列宁格勒都流传很广。虽然如此,审判官萨夫雷亚判他五年苦役,认为他是"无业游民,社会寄生者",而且没有任何"有益于社会的作品"。

在国家农场里做了十八个月铲粪砍柴的工作之后,布劳德斯基获释,此后七年他住在列宁格勒,写作翻译,几乎全是投到非官方的出版物上去。据较开通的俄国知识分子及西方学者的意见,布劳德斯基是苏联现存的最杰出的诗人。但是对于苏联当局,他是无可救药的,上星期他们企图解决这个问题,一脚把他踢出境外。

布劳德斯基并未公然写反对苏联的诗。相反的,他的诗是有浓厚的个人色彩,深具玄想作风,完全是非政治性的。但是他拒绝把他的天才纳入党的规范,于是由当局看来他是典型的唱反调的分子。乔治柯兰是伯林毛学院的哲学教授,也是布劳德斯基的诗的翻译者,他说:"很可能是,他们无法容忍一个重要的人声誉蒸蒸日上而不是他们的人。"

上星期他飞出流亡之后,布劳德斯基和苏联当局还有摩擦。他父母是犹太人,他们为他预备了以色列的签证,希望他在那里定居。但是布劳德斯基对于犹太民族主义并无兴趣,到了维也纳之后便表明愿赴美国,不要赴以色列。事实上美国密歇根大学已经邀请他做"住校诗人",据说他亦已接受。他在维也纳等候美国签证的时候,他对这整个事件还是表示一些惶惑。他抱怨说:"我不愿永久住在外国。我要回到俄国去,那是我唯一的家乡。"

除非苏联知识界气氛突然改变,布劳德斯基在最近的将来要想回到祖国,机会好像不大。从一方面看,这不是悲剧。大家公认他是一个很潇洒的人,很会交朋友,对女人有诱惑力。如果寂寞不成为问题,那么文艺流亡者一向所遭遇的一项困难——脱离了他的艺术的根源——会对他的诗有害。"我祝他顺利,"另一位苏联的不与当局合流的作家说,"我们非常遗憾地看着他走。可是国内能给他什么好处呢?"

这一段报道有一个俏皮的标题:"诗的不公道"(*Poetic Injustice*)。所谓"诗的公道"是文学批评上常见的一个术语,在英国是由陶玛斯·莱玛于一六七八年首先使用的,表示奖善惩恶之意。亚里士多德谓悲剧英雄之倾覆多少是由于其个人之缺陷,故不啻咎由自取。"诗的公道"之说是由亚里士多德的见解而来之硬性规定,一切剧中人物皆有其分所应得之结局。最显著之一例是泰特改编的《李尔王》,善恶的果报一点也不含糊。如今这个标题是把"公道"改为"不公道",好俏皮的一个讽刺!善良无辜的诗人却遭受无理的迫害!

布劳德斯基无罪,所加之罪是他未能遵守政府规定之路线写作。这是不能被容忍的事。极权专制独裁暴虐的政制之下,什么都可以容忍,就是不能忍容异己。他们以为个人无自由,个人自由都被剥夺净尽之后国家才有自由。好像一个自由的国家应该是由亿万个奴才来组成的!做奴才比较不费气力而收获可能最丰,所以做魁首的人号召大家做奴才听他的指挥,就有那么多人甘愿做奴才。在这情形之下,有头脑、有骨气的人,不是佯狂,不是为之奴,就只好去之了。

但是谁也不愿意离乡背井地脱离歌哭于斯的祖国。布劳德斯基所谓"我要回俄国去,那是我唯一的家乡"是他的肺腑之言,非常沉痛。爱自己的家乡乃是人性之高贵的一面,何况是感情丰富的诗人?

辑二 文简意深

陶渊明"室无莱妇"

萧统《陶渊明传》:"其妻翟氏亦能安勤苦,与其同志。"李延寿《南史·隐逸传》:"其妻翟氏,志趣亦同,能安苦节,夫耕于前,妻锄于后云。"皆谓翟氏安贫,与其夫志同道合。

读陶作《与子俨等疏》:"余尝感孺仲贤妻之言,败絮自拥,何惭儿子?此既一事矣。但恨邻靡二仲,室无莱妇,抱兹苦心,良独内愧。"所谓"室无莱妇",言自己没有像老莱子之妇那样的贤妻。刘向《列女传》:"楚老莱子逃世,耕于蒙山之阳……楚王欲使吾守国之政……妻曰,'妾闻之,可食以酒肉者,可随以鞭捶;可授以官禄者,可随以铁钺。今先生食人酒肉,受人官禄,为人所制也。能免于患乎?……'遂行不顾,至江南而止。"是翟氏之贤不及莱妇,而陶公黾勉辞世,乃是自作主张,以至于使子等幼而饥寒,"抱兹苦心,良独内愧"也。

妻而能安勤苦,自非易事,翟氏之"夫耕于前,妻锄于后"可能亦是事实。若谓其志在固穷,与其夫同志趣,恐未必然。传陶公者见陶氏夫妇躬耕乡里,遂信笔及于翟氏,不吝称其苦节耳。萧统《陶渊明传》:"公田悉令吏种秫,曰,'吾常得醉于酒足矣!'妻子固请种秔,乃使二顷五十亩种秫,五十亩种秔。"是翟氏较渊明为达事处。先生但求有酒，主妇不能不顾一家之食。似不应因此遂兴"室无莱妇"之叹。

《咏贫士》七首，显然是先生自况，其七云："年饥感仁妻，泣涕向我流。丈夫虽有志，固为儿女忧。"言妻子饥寒，泣涕直流，但未能挠其志，而丈夫志在固穷，但亦不能不为儿女忧。妻不挠夫之志，可敬之至，但不能禁其泣涕直流；夫不为妻所累而改其志，但衷心亦不能不为儿女忧。夫耕于前，妻锄于后，是一幅美丽图画，不知二人心中亦正各有所感，不足为外人道也。先生诗乃直言"丈夫虽有志，固为儿女忧"，道出先生心事，是先生率真可爱处。一说"丈夫虽有志"，二语乃妻子语，恐非。丈夫犹言君子，非妻对夫之称。

竹林七贤

《水经注》:"魏步兵校尉陈留阮籍,中散大夫谯国嵇康,晋司徒河内山涛,司徒琅邪王戎,黄门郎河内向秀,建威参军沛国刘伶,始平太守阮咸等,同居山阳,结自得之游,时人号之为竹林七贤。"

《世说新语·任诞》:"陈留阮籍、谯国嵇康、河内山涛,三人年皆相比,康年少亚之。预此契者,沛国刘伶、陈留阮咸、河内向秀、琅邪王戎。七人常集于竹林之下,肆意酣畅,故世谓竹林七贤。"

何启明先生著《竹林七贤研究》,对于七贤事迹考证綦详,洵为最新之佳构。何先生在前言云:"竹林七贤,名属后起;竹林之事,亦难信真。"又曰:"竹林之事,既初传于晋世中朝以后,初非七贤生时之本有……而山阳故居,亦本无竹林。竹林诸人但如建安之七子,正始、中朝之名士,不过后人一时意兴所至,聊加组合耳。"结论曰:"竹林之事为后所造作。"此一论断似甚正确。不过何先生也承认"七贤生时固有所交往遇合也",否则后人亦不可能加以组合。

关于竹林,陈寅恪先生曾经有说,陈文我未读过,杨勇先生

《世说新语校笺》（一九六九年十月初版）页五四八转引陈先生文曰："竹林七贤，清谈之著者也。其名七贤，本论语贤者避世，作者七人之义。乃东汉以来，名士标榜事数之名，如三君、八厨、八及之类。后因僧徒格义之风，始比附中西而成此名；所谓'竹林'，盖取义于内典（Lenuvena），非其地真有此竹林，而七贤游其下也。《水经注》引竹林古迹，乃后人附会之说，不足信。"陈先生博览群籍，时有新解，此其一例也。此处 Lenuvena 一字系误植，应为 Veruvena，梵文"竹林精舍"之意，音译为鞞纽婆那。

按：《卫辉府志》"竹林寺在县西南六十里，旧为七贤观，后改为尚贤寺，又改今名，即晋七贤所游之地"云云。这是沿用《水经注》之说，不过标出了"竹林寺"之名，按晋时洛阳即有竹林寺，与内典所谓"竹林精舍"似相暗合。杨勇先生《世说新语校笺》认为"陈说有见"，从而论断曰"竹林为一假设之地"。并且更进一步，根据"《文物》一九六五年八月期，有南京西善桥晋墓砖，刻竹林八贤图，则有嵇康、阮籍、山涛、向秀、刘伶、阮咸、荣启期等八人"，从而论断曰："七贤、八贤亦一通名耳。"（八贤只举七人，王戎未列入）晋砖之发现，饶有趣味，唯七贤之外加入荣启期，则事甚离奇。荣启期，春秋时人，与七贤相距约有千年，何以于隐逸高贤之中独选荣启期，与七贤并列，似嫌不伦。荣启期之为高人，吾人并无间言，其事见《列子·天瑞篇》。"孔子游于泰山，见荣启期行乎郕之野，鹿裘带索，鼓琴而歌，孔子问曰：'先生所以乐，何也？'对曰：'吾乐甚多。天生万物，唯人为贵，而吾得为人，是一乐也。男女之别，男尊女卑，故以男为贵，吾既得为男矣，是二乐也。人生有不见日月、不免襁褓者，吾既已行年九十矣，是三乐也。贫者士之常也，死者人之终也，处常得终，当何忧哉？"这一段记载，写出荣启期之旷达，跻于八贤之列，自无愧色，唯冠以竹林字样，一似与七贤亦有交往者，斯可怪耳。

竹林也好，竹林寺也好，黄河流域一带可以有竹林则为不争之事实，晋戴凯之《竹谱》以为竹之为物"九河鲜育，五岭实繁"，实非笃论。远至北京西山八大处，亦有竹林可以供人啸傲其间，何况河洛？竹林二字久已成为隐逸之代名词，所以竹林七贤、八贤之说，亦不必拘泥字面多所考证矣。

读杜记疑

卖药与药栏

杜甫进三大礼赋表有云："顷者，卖药都市，寄食友朋……"卖药恐怕不是真的卖药，是引用韩康"卖药长安市中，口不二价"的典故，自述旅食京华之意。有人写《杜甫传》，把杜甫真个说成一个卖药郎中，疑误。

杜诗《有客》云："不嫌野外无供给，乘兴还来看药栏。"按药草之属亦是娱目欢心之物。石崇《金谷诗序》："有清泉茂林，众果竹柏，药草之属……其为娱目欢心之物备矣。"可见杜公植药，未必是为卖药之资。何况所谓药栏亦未必就是种植草药之栏，因草药亦不需栏。《开元天宝花木记》云："禁中呼木芍药为牡丹。"木芍药即今之牡丹。药恐即是木芍药之简称。《独异志》上云："唐裴晋公度寝疾永乐里，暮春之月，忽遇游南园，令家仆童舁至药栏，语曰'我不见此花而死，可悲也'，怅然而返。明早报牡丹一丛先发，公视之，三日乃薨。"药栏即种植木芍药之栏，此一明证。又按范摅《云溪友议》："致仕尚书白舍人，初到钱塘，令访牡丹花，独开元寺僧惠澄，近于京师得此花栽，始植于庭，栏圈甚密，他处未之有也。"栏圈字样，值得注意。白乐天携酒赏牡丹，张祜题诗云："浓艳初开小药栏，人人惆怅出长安。风流却是钱塘寺，不踏红尘见牡丹。"是药栏明指牡丹。不过杜甫多病，与药结不解缘，也是事实，在诗中班班可考。如谓凡药皆视为配病之药，则有时不免失误。杨伦《杜诗镜铨》注："药栏，花药之栏也。"语意模棱矣。

况余白首

《观公孙大娘弟子舞剑器行》序文有句："玉貌锦衣，况余白首。"人多认为费解。《苕溪渔隐丛话》引秦观语："杜子美诗冠古今，而无韵者殆不可读。"仇注引申涵光曰："诗序太剥落，'玉貌锦衣'下如何接'况余白首'？"指为文字剥落，殆为贤者讳耶？近人傅东华先生注杜诗，"言公孙玉貌锦衣尚归寂寞，何况己年之易老乎？"（见商务人人文库本杜甫诗页二三七）似嫌牵强，且与下文，气亦不顺。疑"况"字当作"甚"解，言公孙当年风采当已不复存在，其衰朽之态恐有甚于余之白首者。杜甫初观公孙舞，在开元三载（一作五载），尚在童稚，此诗作于大历二年，从开元五载算起，相距五十一年矣。公孙焉得不比杜公更老？下云"今兹弟子，亦匪盛颜"，正与上文语气连贯。

乌鬼

《戏作俳谐体遣闷二首》："家家养乌鬼，顿顿食黄鱼。"乌鬼究竟是何物，众说纷纭。或谓养乌鬼，乃赛神也，养可能是赛之误,鬼者乌蛮鬼也。元微之《江陵》诗"病赛乌称鬼,巫占瓦代龟",可为此说之有力的佐证。但养乌鬼与食黄鱼若为一事,则乌鬼殆为鸬鹚。黄山谷外集《次韵裴仲谋同年》有句"烟沙篁竹江南岸,输与鸬鹚取次眠",所谓鸬鹚,即《本草》所谓之水老鸦,一名乌鬼,能捕鱼。因家家养乌鬼,故而顿顿食黄鱼,似亦顺理成章。魏子华《寒夜话黑鹭》一文,有云:

> 黑鹭浑身黑羽毛,是一种善捕鱼的鹭鸶,它的体形比普通鹭鸶肥壮,看起来很像大型的乌鸦,所以,家乡成都一带又叫它鱼老鸦,每年一入隆冬,天寒水浅,放鱼老鸦的人们,这就赶鸦下河,大发利市去了。
>
> 放鱼老鸦的人,他们出发之前,总是把小船或竹筏顶在头上,鱼老鸦就栖息在船或竹筏上打瞌睡。可是,当它们一见到水,可就立刻精神百倍,一头钻得不见踪影了。当它们再度浮出水面,十之八九嘴里都会衔着一条鱼,渔人只消把篙竿伸过去,它们就会乖乖地飞到竿上来,然后收回船上,取下它们的猎获物。

这"鱼老鸦"如果就是《本草》上说的"水老鸦",当然也就是杜诗中的"乌鬼"了。

宋马永卿《嬾真子录》卷四:"乌鬼,猪也。峡中人家多事鬼,家养一猪,非祭鬼不用,故于猪群中特呼乌鬼以别之。"此说亦可通,川中确是家家养猪,而杀猪祭鬼亦是习见之事,至今犹然。

数说皆有可取处,均非定论。姑且存疑,不必强作解人也。

他日

《秋兴》八首"丛菊两开他日泪"句,"他日"应作"往日"解,非谓将来。《孟子·梁惠王下》,两次用"他日":"他日见于王曰",他日是过后有一天,"他日君出",他日则是往日。"他日"本有二义,视其上下文义而定。丛菊两开,是两年已过,他日是指已过的这两年,两年之内陨泪多少,感慨系之!

《滕王阁序》:"他日趋庭,叨陪鲤对;今兹捧袂,喜托龙门。"此"他日"亦昔日之意也。

不觉前贤畏后生

《戏为六绝句》有云:"今人嗤点流传赋,不觉前贤畏后生。"语意含糊。清人汪师韩《诗学纂闻》谓:"乃诘问之言,今人诋毁庾信之赋,岂前贤如庾者,反畏尔曹后生耶?"按《论语》"后生可畏,焉知来者之不如今",原意是说后生可能有可畏之处也。杜意今人并无超越前人之处,奈何妄议古人,故曰"不觉前贤畏后生"。贤者虚怀若谷,皆应深觉后生可畏。唯今人诋毁庾信,吾则不觉前贤应畏后生。不觉是杜甫不觉也,汪师韩释为诘问之语,反似多事。

鸡狗亦得将

《新婚别》有句:"生女有所归,鸡狗亦得将。"仇注云:"嫁时将鸡狗以往，欲为室家久长计也。"疑不洽，恐是"嫁鸡随鸡，嫁狗随狗"之意。女人出嫁，焉有携鸡狗以俱往者？杨伦《杜诗镜铨》注："用谚语。"所见是也。将，从顺之意，不是"之子于归，百两将之"之将。陶诗《读史述九章》咏夷齐："二子让国，相将海隅。"亦相从之意。

宋庄绰《鸡肋编》，"杜少陵《新婚别》云：'鸡狗亦得将。'世谓谚云'嫁得鸡，逐鸡飞；嫁得狗，逐狗走'之语也。"葛立方《韵语阳秋》，"谢师厚生女，梅圣俞与之诗曰：'……男大守诗书，女大逐鸡狗。'"亦同一意义。是宋人早有此解，仇沧柱殆未之见？

漫与

杜诗《江上值水如海势聊短述》有句："老去诗篇浑漫与，春来花鸟莫深愁。"漫与，何谓也？与，或作兴，然乎否耶？

仇注："浑，皆也。漫，徒也。"又云，"黄鹤本，及赵次公注，皆作漫与。韵府群玉引此诗，亦作漫与。王介甫诗，'粉墨空多真漫与'；苏子瞻诗，'袖手焚笔砚，清篇真漫与'。皆可相证。诸家因前题《漫兴（兴）九首》，遂并此亦作漫兴。按上联有'句'字，次联又用兴（兴）字，不宜叠见去声。"

俞樾《茶香室丛钞》引朱彝尊《静志居诗话》云："在杜子美集有漫与五绝九首，又七言云'老去诗篇浑漫与，春来花鸟莫深愁'。浑漫与者，言即景口占，率意而作也。自元以前，无有读作漫兴者，迨杨廉夫作漫兴七首……而世之人遂尽去杜集之旧，易与为兴矣。"此说是也。

丧家狗

杜诗："昔如纵壑鱼，今如丧家狗。"丧家狗，典出《史记·孔子世家》，"郑人或谓子贡曰：'东门有人，其颡似尧，其项类皋陶，其肩类子产，然自要以下不及禹三寸，累累若丧家之狗。'子贡以实告孔子。孔子欣然笑曰：'形状，未也，而似丧家之狗，然乎哉！然乎哉！'"此丧字应作平声读，抑应作去声读耶？

《群书札记》："《瓮牖闲评》，家语，累累然若丧家之狗，丧字当作去声，言如失家之狗耳。故苏东坡诗云'惘惘可怜真丧狗'，是矣。而元微之诗乃云'饥摇困尾丧家狗'，又却作平声用，何也？按，王肃注'丧家狗，主人哀慌，不见饮食，故累然不得意'。孔子生于乱世，道不得行，故累然，是不得意之貌也。韩诗外传，'丧家之狗，既敛而椁，布器而祭，顾望无人，意欲施之。'丧字作平声读。唯孔颖达《春秋正义序》，'虚叹衔书之凤，乃似丧家之狗'，丧字作去声读，不得执此而议彼也。"

按，丧字本可有两种读法，意义迥然有别。世家丧家之狗，依王肃注读平声，近是。杜诗以丧家狗对纵壑鱼，就意义而论，似宜作去声。

不是烦形胜，深愁畏损神

《上白帝城二首》的第一首，前四句写景，后八句感怀，最后两句"不是烦形胜，深惭畏损神"作何解？

傅东华注《杜甫诗》二〇三页云："言若徒深惭而不借形胜

以自解，则恐损神耳。旧注以烦为烦厌之烦，则与前'一上一回新'句不合矣。"此说恐非。第一，因"一上一回新"，故"不是烦形胜"，意义连贯，并无不合。第二，烦字不作厌解，当作何解？傅说对此点无交代。

杜诗《江畔独步寻花七绝句》有云："不是爱花即欲死，只恐花尽老相催。"其句法可供参照。"不是……"是否定，"只恐……"是肯定。"不是烦形胜"，《杜诗镜铨》注"言形胜非不可喜"，仇注云"我非厌烦此间形胜"，似均不误。

平心而论，此两句不佳，不但意义嫌晦，构想亦殊平庸。《杜诗集评》引李因笃批语云，"畏损神三字李本抹云'凑而混'"。凑而混者其实不只此三字。

天子呼来不上船

《饮中八仙歌》写李白"天子呼来不上船"，船即是舟船之船，一般均如此解释。

元人熊忠撰《古今韵会举要》，据云"衣领曰船"。明人张自烈撰《正字通》，据云"蜀人呼衣系带为穿，俗因改穿作船"似此船字乃另有解释。

《钱笺杜诗》曰："玄宗泛白莲池，命高力士扶白登舟，此诗证据显然。注家谓，'关中呼衣襟为船；不上船者醉后披襟见天子也。'穿凿可笑。赵次公云，'白在翰院被酒。挟以登舟，则竟上船矣，非不上船也。'此尤似儿童之语。夫天子呼之而不上船，正以扶曳登舟状其酒狂也。岂竟不上船耶？"钱笺是也。

偶阅国语日报副刊《书和人》第二二〇期（六二、九、二十九），罗锦堂先生讲《英文本中国文学史初探》，评及柳无忌著《中国文学概论》，说到"不上船"的问题：

"上船"两字，一般人都根据范传正的李公新墓碑，说是玄宗泛舟，李白不在，因而命高力士扶李白登船。……我觉得这种说法不太妥当，因为李白明明是上船了，为什么说"不上船"呢？根据《荥阳县志》卷十四提到人的鞋底就叫船。此外，《韵会》说："衣襟谓之船。"《正字通》说："衣领谓之船。"我们现在不讨论"船"到底是指鞋子、衣襟或衣领，但"不上船"是表示衣服没有穿整齐的意思，而不是指真的船。

罗先生的主张似是没有脱离赵次公的窠臼与《韵会》《正字通》的别解。钱笺未被驳倒之前，船字似以仍从正解为妥。

藤轮

《赠王二十四侍御契四十韵》："长歌敲柳瘿，小睡凭藤轮。"（鲍照诗"花蔓引藤轮"）藤轮，何物也？蔡梦弼以为是车轮，人焉有凭车轮而睡者？王洙以为是蒲团，未闻有以藤制团者。仇兆鳌以王说为是。施鸿保《读杜诗说》认为皆非，"疑即藤枕，今犹有之，以其体长而圆故称为轮"。其实藤枕固今犹有之，但以其长而圆而称为轮则甚牵强，轮非长而圆者也，且凭枕而睡事属寻常，了无诗意，与上句敲柳瘿不相称。

疑宜就字面解释，无须更进一层。藤轮即是藤干盘曲之做轮形者，轮者，圆圈也。老藤近根之巨干多作轮形，故藤轮即藤之干。敲柳瘿而长歌，凭藤轮而小睡，诗意亦相称。

剑外

杜诗《闻官军收河南河北》一首是众所熟知的,有人对第一句"剑外忽传收蓟北"中之"剑外"二字产生疑问。剑是剑阁,或剑门,剑外系何所指?是指剑南,还是指剑北?二说似皆可通。"剑外忽传……"可以解为剑阁以南一带正在传说,也可以解为收蓟北的消息正在从剑北长安方面传了过来,但究竟何所指则颇费思量。

按剑门天险,抗战期间我曾途经其地,是自广汉穿过剑阁而入汉中的必经之地。李白《蜀道难》所谓"剑阁峥嵘而崔嵬,一夫当关,万夫莫开……"确是形容尽致。我因为汽车抛锚,在县城外一小茅店留宿一夜,印象益为深刻。李白诗《上皇西巡南京歌》有"剑阁重关蜀北门"之句。剑阁实乃蜀之北门。蜀地难攻易守,剑门之险阻乃其原因之一。《晋书·张载传》:"太康初,至蜀省父,道经剑阁,载以蜀人恃险好乱,因著铭以作诫。……益州刺史张敏奇之,乃表上其文,武帝遣使镌之于剑阁山焉。"这《剑阁铭》我是读过的,虽然没有看过山上的镌刻。铭里有这样的句子:"唯蜀之门,作固作镇,是曰剑阁。"凡此可见剑阁是蜀之北方门户,所以拒外人之南侵,而非秦地之人在此设险以防蜀人之北犯也。

杜甫作此诗时在梓州,即今之梓橦一带,剑阁即在梓橦之东北,诗作于广德元年。杜甫在此地听到剑北传来捷报,所以才涕泪满衣裳。捷报是从河南河北传到长安,再由长安传到剑南。剑外传来的消息使得剑南的人闻之大喜若狂,这不是很自然的吗?

再举一例以为旁证。号称天下第一关之山海关,据《读史方舆纪要》云:"渝关,一名临渝关,亦曰临间关,今名山海关……明初以其倚山面海,故名山海关,筑城置卫,为边郡之咽喉,京师之保障。"山海关虽然是通往东三省之咽喉,但是其建立实乃是为了"京师之保障",不是为了东北之保障,俗语说"少不入川,老不出关",出关,出山海关也。到关外去,是出了山海关到东北去也。关外指东北,因为山海关屏障京师,站在京师的立场上说话,关外当然是指东北了。杜甫身在蜀地,所谓剑外似乎当然是指剑门以北长安一带了。

苏东坡《满江红寄鄂州朱使君寿昌》,"君是南山遗爱守,我为剑外思归客,对此间风物岂无情,殷勤说"。他也使用"剑外"一语,不知他是否袭用杜甫诗中"剑外"二字。按东坡写此词时是在黄州,和杜甫之身在四川不同。东坡所谓剑外,可能是指剑南,其意若曰"我是四川人,想回四川去",但亦可能是说自己现在是流落在剑门山以外的人,所以想回家乡去。剑外泛指任何剑门山以外之地,不知孰是。

饮中八仙歌

杜工部《饮中八仙歌》，章法错落有致。吴见思《杜诗论文》："此诗一人一段，或短或长，似铭似赞，合之共为一篇，分之各成一章，诚创格也。"王嗣奭《杜臆》也有同样见解："此系创格，前无所因，后人不能学。描写八公，各极生平醉趣，而都带仙气，或两句，或三句四句，如云在晴空，卷舒自如，亦诗中之仙也。"前无所因，是真的；后人不能学，倒也未必。学尽管学，未必学得好耳。不过此诗也有几点问题在。

八仙是：四明狂客贺知章；汝阳王琎；左丞相李适之；侍御史崔宗之；中书舍人苏晋；诗仙李白；草圣张旭；布衣焦遂。杜工部自己不与焉。《新唐书》说李白"与贺知章、李适之、汝阳王琎、崔宗之、苏晋、张旭、焦遂，为酒中八仙人"，是又一说。杜工部虽然也好饮酒，也被人泥饮过，并不以剧饮名，后来病起就索性停了酒杯。何况八个人和杜工部也并不全是属于同一辈分。此诗成于何年，固难确定，要之总是天宝之初。仇沧柱注："按吏，汝阳王天宝九载已薨，贺知章天宝三载，李适之天宝五载，苏晋开元二十二年，并已殁。此诗当是天宝间追忆旧事而赋之，未详何年。"所论甚是。至于范传正"李白新墓碑"所谓

"在长安时,时人以公及贺监、汝阳王、崔宗之、裴周南等八人为酒中八仙",则又是一说,无可稽考。无论八仙是怎个计算法,不能把杜工部计算进去。

八仙之中每个人酒量如何,也是一个问题。清嘉同年间施鸿保著《读杜诗说》,他说:"今按此诗于汝阳则言三斗,于李白则言一斗,于焦遂则言五斗。即李适之言'日费万钱',据《老学庵笔记》等书,言唐时酒价每斗三百钱,故公有'速来相就饮一斗,恰有三百青铜钱'之句。此云万钱,则日饮且三石余矣,虽不定是此数,然亦当以斗计也。独于张旭但言三杯,杯即有大小,要不可与斗较,岂旭好饮而量非大户耶?然与汝阳等并称饮仙,不应相悬若此,或杯字有误。"施鸿保所提问题不能说没有道理,唯于此我们应有数事注意。

首先,所谓饮仙乃是着眼于其醉趣。尤其是要看在他醉趣之中是否带有仙气,并非纯是计较其饮量之大小。能牛饮者未必能成仙,可能不免于伧父之讥。所谓仙气,我想大概就是借酒力之兴奋与麻醉的力量而触发灵感,然后无阻碍地发挥其天性与天才。称之为醉趣可,称之为天性与天才之表现亦可。这是我们平素不容易看到的奇迹,所以称之为仙。至若烂醉如泥,形如死猪,或使酒骂座,或呕吐狼藉,则都是酒后丑态,纵然原是海量,亦属无趣。所以饮中八仙,量不相同,正无足异。唯所谓"日费万钱",则须知李适之是左丞相,焉能日饮三石?所谓"费",是指用于饮酒之钱。故仇注引"黄布曰:'日费万钱,饷客之用,皆出于此。'是也。"且人之酒量本有大小之不同,故酒曰"天禄"。我拍浮酒中者,也有五十余年,所遇善饮者无数,亲自所见最善饮者三五辈也不过黄酒三五斤耳(已醉之后狂饮,可能不止此数）。文人之笔下，好事者之传说，时常夸大其词，好像真有人能"长鲸吸百川"的样子。还有，酒与酒不同，要谈酒量必先确知其为何种之酒酿。如是醇醪，则不觉易醉，如是薄酒，多饮亦无妨。饮中八仙所饮何酒，我不确知。贺知章是会稽人，可能他所饮酒是秫制，秫即糯稻，可能即是今之黄酒。八仙虽根本未在一处饮宴，但诗中皆以斗为单位，这个斗字又是一个问题。斗若作为十升解，其容积为三百一十六立方寸，约合美国二点六四加仑，一斗酒是相当多，三斗五斗岂不更吓煞人？假如斗作为酒器解，虽然我们不知道这斗究竟有多么大，只知道其形如斗，好像这样解释就比较容易接受似的。《诗经·大雅·生民之什·行苇》："曾孙维主，酒醴维醹，酌以大斗，以祈黄耇。"可见大斗即是大杯，用以敬老。大斗不会是十升为斗的斗，老年人不可能喝下那么多的味道浓醇的酒。施鸿保的疑虑可能是多余的吧？

登幽州台歌

陈子昂《登幽州台歌》："前不见古人，后不见来者；念天地之悠悠，独怆然而涕下！"所谓"前不见古人，后不见来者"，不是自我夸大以空前绝后自许，重点在一"见"字。盖谓人生短暂，孤零零的一概，往者不及见，来者亦不及见，平素浑浑噩噩，无知无觉，一旦独自登台万虑俱消，面对宇宙之大，顿觉在空间、时间上自己渺小短促得可怜，能不怆然涕下乎？这正是佛家所谓的"分段苦"。

《文学世界》（香港笔会出版）第二十六期有《陈子昂诗评价》一文，引述李沉的评语："先朝之盛时既不及见，将来之太平又恐难期，不自我先，不自我后，此千载遭乱之君子所共伤也。不然，茫茫之感，悠悠之词，何人不可用？何处不可题？岂知子昂幽州之歌，即阮公广武之叹哉！"又加按语曰："余按阮籍登广武城观楚汉战处，叹曰，'时无英雄，使竖子成名。'所谓竖子，盖指司马氏也，今子昂幽州之歌，其心目中之竖子，武氏也。"以悲歌慷慨之杰作，解释成为私人遭乱感伤之词，所见者小矣。

陈子昂《感遇诗三十八首》，有"闲卧观物化，悠悠念无生"

"幽居观大运，悠悠念群生""大运自古来，旅人胡叹哉"以及其他类似之句，皆勉仰今古惆怅生悲之意，可参阅也。《中国语文》第三十四卷第五期载友人刘中和先生演示《登幽州台歌》，全文如下：

唐朝初年，四川人陈子昂（六五六—六九八）十八岁才开始读书，独自力学，自己觉得学有成就了，去首都长安。见有人卖胡琴，要卖百万钱，许多贵人名士都围着观看，陈子昂用一千贯买下来。大家都惊异地问他，他约好明天在某酒楼，大诗人都常去的地方，表演胡琴。明天，大家都到了，陈子昂一口四川土腔，慷慨激昂地说："在下四川陈子昂，有诗文百首，分赠各位欣赏。胡琴乃是贱工的事，我怎能表演？"当场把胡琴打碎，把诗文分送各人。大诗人们一见陈子昂的作品，大为惊骇钦佩，从此陈子昂名满长安。

那时的大诗人有杜审言、宋之问、王勃、骆宾王等，都作浮华的诗。而陈子昂所作都是古朴高劲、内容深厚的；火候骨力，都在当时一般大诗人之上。因此他内心感到很寂寞很苦闷，竟找不到一个同等笔力的诗人做朋友，可以互相倾心吐胆畅谈。在陈子昂以前，只有汉魏诗人，如曹操父子和建安年代的七位诗人，被称为建安七子的，诗的风骨高古，是陈子昂所崇仰的。建安之后，数百年来，诗风一直走向浮华，往往言之无物，陈子昂最为厌恶，古人既已远不可见，无法相会相谈，而当今之世，只有自己一人。再向以后年轻的一辈看看，却又不见有后起之秀追踪上来。晚一辈的诗人，也多半走向新浮华派；虽然有古体诗人张九龄，但他比陈子昂又小二十多岁，还未成熟。有一位比陈子昂更高的古体派诗人，和陈子昂意见作风一致的，那就是李白；而李白却出生于陈子昂死后三年，二人不得相见，多么遗憾！

一次，他在幽州台上登高，面对着广阔无边的天和地，天和地又只向时代交白卷，没有献出更伟大的诗人。他又触发了自己的感伤：自己一死之后，高古的诗风就将断绝，无人继响。于是他高声吟诵出来一首诗歌：

前不见古人，后不见来者；

念天地之悠悠，独怆然而涕下！

以往的人读这首诗，把者字读zhǎ，下字读xiǎ，以便押韵。这首《登幽州台歌》，最重要的就是一个"独"字，多么孤寂！从另一方面说，也可见陈子昂此人多么高傲。但他死后有李白，又有韩愈，都很崇仰他，他确不愧为初唐第一诗人。

刘先生把陈子昂悲哀的缘由解释成为"自己一死之后，高古的诗风就将断绝，无人继响"。陈子昂虽然恃才傲物，可能有类似杜审言"但恨不见替人"的自负的想法，但何至于前不见古人呢？我不能无疑。

金缕衣

杜秋娘诗："劝君莫惜金缕衣，劝君惜取少年时。花开堪折直须折，莫待无花空折枝。"此诗浅显而有味，收在《唐诗三百首》里，流传很广，其意义不需解释。

杨牧先生在三月号《中外文学》里有《惊识杜秋娘》一文，对此诗提出一个新的解释，以为："金缕衣不是活人无端穿的锦衣，而是死人穿着的寿衣！"他说："'纨与素'是可以穿戴游戏的，金缕衣却唯有人死以后才贴身穿在尸体上，以为可以保存尸体之不朽。一九六八年河北满城发掘西汉中山靖王刘胜及其妻子窦绾的两座古墓，用黄金制成的丝缕缀连而成，故亦称'金缕玉衣'，以之包扎尸体上下，四肢五官部位，宛然可辨。出土的两套金缕衣，一长约一八八厘米，一长约一七二厘米，从图片上看来，确是金光灿烂之物。"显然的，杨牧先生之所以做此新解，是由于金缕衣出土而获得启示。

事实上，所谓"金缕玉衣"，《后汉书》已有相当详细的记载："《汉旧仪》曰，帝崩唅以珠，缠以缇缯十二重。以玉为襦，如铠状，连缝之，以黄金为缕，腰以下以玉为札，长一尺二寸半，为柙，下至足，亦缝以黄金为缕。"据此则玉襦以像铠甲，匣即像铠甲之札，所谓甲叶也。金缕玉柙原是帝王裹尸之物，后来没有帝王身份的人，甚至如宦官之类也有僭用的，这在历史上也有记载。出土之物当然很有价值，让我们可以看到古帝王的一种排场。唯此"金缕玉衣"是否杜秋娘所指的"金缕衣"，不无可疑。

白居易《秦中吟·议婚》诗"红楼富家女，金缕绣罗襦"指活人穿的衣裳。杜工部《哭严仆射归榇》"风送蛟龙雨"，苏东坡诗《薄薄酒》"珠襦玉柙万人相送归北邙"，龙匣玉柙则是指死人穿的衣饰。死人穿的那种全套衣饰不称为"金缕衣"。只能称为"金缕玉衣"或"金缕玉柙"或"罗襦玉柙"。《红楼梦》第三回"（凤姐）身上穿着缕金百蝶穿花大红云缎窄褃袄"，想缕金也就金缕之意。金缕状华丽富贵。金缕不仅用以缝衣，也可以制其他物件，例如李后主词《菩萨蛮》"刬袜步香阶，手提金缕鞋"，是鞋可金缕。《邺中记》"石虎时著金缕合欢裤"，是裤可金缕。《古诗为焦仲卿妻作》"流苏金缕鞍"，是鞍可金缕。故金缕衣仍即是活人穿的金缕衣。

唐云麾将军碑

十余年前唐嗣尧先生赠我一册石印《唐云麾将军碑》拓片，原拓片为嗣尧先生所珍藏。李北海的书法有晋人神韵，此碑尤为美妙。唯展读其题跋文字，则颇有可议之处。例如：

傅增湘（藏园居士）先生乃收藏大家，版本之学甚精，竟有若是之文字："李北海所书有两云麾碑，此为李思训，迄今尚完好。……"案此碑原在陕西蒲城县，勒于开元八年（七二〇年），高三三二点五公分，宽一二三公分，乾隆年间毕沉为陕西巡抚，移置西安孔庙碑林。此碑今尚存，但早已大半漶漫。嗣尧先生藏本是否宋拓，抑或是元拓，非有多种较近拓本比较研究恐难断定，唯其为相当旧拓则无可疑。据日人西川宁《西安碑林》，我们可以看出该碑文字计三十行，每行七十字，由上而下自第三十四字左右起即漶漫不可辨识，下端一小部分尚清晰。全文在二千字左右（因行间有空白处约占八十字）。今唐先生所藏拓片，仅得八百九十五字，是尚不及一半。傅增湘先生所谓"今尚完好"，不知何据？

又冯恕（公度）先生跋文谓："云麾此拓尚系旧拓。裱者任意剪裁，文理凌乱，为可惜耳。"吾不能不为裱者叫屈矣。唐先生石印拓本第三页,"因为以"三字之下即不可辨识,故下面之"守中轿垂……"乃碑文第三行之起始。第九页"字建陇西"四字之下即不可辨识,故下面之"至今徙于秦"……乃碑文第四行之起始。第五页"子侍中"三字下即不可辨识,故"□讳叔良……"乃碑文第五行之起始。余类推。碑文一半漶漫,拓者便就其上半截拓之,试问裱者如何能不使"文理凌乱"耶?"任意剪裁"云乎哉!此碑原物或其完整之拓本,恐冯先生迄未寓目。

西川宁所得之晚近拓片,与唐嗣尧所藏之拓片,试加比较即可发现二者无大歧异。唐本是否宋元时拓,殊为可疑,唐本可能比一般拓本略佳,恐系拓工优劣不等之故耳。

词林摘艳

偶然看到影印的《词林摘艳》一书，原书是明嘉靖乙酉（一五二五）木刻本，是元明戏曲歌词的一个汇集，辑者为张禄。他根据《盛世新声》而加以增补修订，包括小令、散套、杂剧诸体。辑者自序云：

今之乐犹古之乐，殆体制不同耳。有元及辽金时，文人才士审音定律，作为词调，逮我皇明，益尽其美，谓之今乐府。其视古作，虽曰悬绝，然其间有南有北，有长篇小令，皆抚时即事、托物寄兴之言，咏歌之余，可喜可悲，可惊可愕，委曲婉转，皆能使人兴起感发，盖小技中之长也。然作非一手，集非一帙，或公诸梓行，或秘诸誊写，好事者欲遍得观览，寡矣。正德间，衷而辑之为卷，名之曰盛世新声，固词坛中之快睹，但其贪收之广者，或不能择其精粗，欲成之速者，或不暇考其讹舛，见之者往往病焉。余不揣陋鄙，于暇日正其鱼鲁，增以新调。不减于前谓之林，少加于后谓之艳，更名曰词林摘艳。锓梓以行，四方之人，于风前月下，侑以丝竹，唱咏之余，或有所考，一览无余，岂不便哉？观者幸怜其用心之勤，恕其狂妄之罪。

编辑戏曲词调，有什么狂妄之罪可言！据影印者弁首所加之说明，此书之特别价值在于收录许多当时风行的一些新调子，如锁南枝、傍妆台、山坡羊、耍孩儿、驻云飞、醉太平、罗江怨、哭皇天等。并且说："由此可以考见当时时调小曲发生和发展的一般情况，也可以考见戏曲在发展过程中，如何吸收民间小曲来充实和革新自己的内容和形式，使戏曲本身更为广大的群众所喜闻乐见的艺术加工情况。并且可以证明元明戏曲之所以卓绝千古，和它善于吸收时尚小令的内容和形式是分不开的。"这一段话颇有新八股的味道。集中收录不少当时流行的曲调，这话不错，但是成于嘉靖年间的书，那时节明朝已过了大半，这集子不收这些曲调可收什么呢？"吸收民间小曲来充实和革新自己（戏曲）的内容和形式"，尤为夸大其词。戏曲的充实与革新并不在于引进一些"时尚小令"，元明戏曲之所以卓绝千古更与"时尚小令"没有多大关系。

我们中国的戏曲之兴盛，肇自元朝，实际在发展上受到许多束缚。所谓戏曲离不了歌唱，毋宁说是以歌唱为主。声乐与戏剧的结合，从世界历史的眼光看，是相当古老甚至原始的一种形态，大势所趋，唱与戏是会逐渐分离的。我们中国的戏曲比较长久地保持歌唱的成分，这一现象对于戏剧发展究竟是有益抑或是有害，是值得研究的一个问题。我个人粗浅的看法，乐与诗结合在一起，如《诗经》中各诗那样，或乐与戏结合在一起，像元明戏曲那样，同未尝不可，但长远地看是两败俱伤，究不如分开各自发展。《词林摘艳》所要收录的是当时的今之乐府，事实上记录下来的是唱词，完全是文字，没有音乐，读者全然无法知道

"耍孩儿"是怎个唱法,"醉太平"是什么腔调。即使我们知道这些曲牌的谱子,与戏剧的内容与形式又有什么关系?要了解戏剧,需要着眼于其中动作与对白,歌唱应为余事,辞章更属次要。看《词林摘艳》及其他类似的书,我们接触的只是一些文辞,不是消极颓废的或隐逸高蹈的抒情文字,便是绮丽萎靡的爱情诗章,要想从中窥见戏剧发展的形迹或其内容与形式的演变,真是万难。我们中国士大夫喜欢寻章摘句,喜欢倚声弄乐,而所谓"民间",所谓"广大的群众",大部分要的是舞台上的动作和对白,顾曲周郎是少而又少的。所以看《词林摘艳》,不是看戏曲,也不是听歌唱,只是玩赏其中的一段一段的词。就词论词,管他是中吕也好,仙侣也好,引用当时不少的白话口语,明白晓畅,朴素天真,是其可喜处。

明(代)吕景儒散套《庄子叹骷髅》颇有情趣,录之以见一斑:

【哨遍】守道穷经度日,谢微官不受漆园吏,归来静里用功夫,把南华参透玄机。战国群雄骚扰,只不过趋名争利,怎似俺乐比鱼游,笑谈鹏记,梦逐蝶迷!青天为幕地为席,黄草为衣木为食,跳出樊笼,历遍名山,常观活水。

【耍孩儿】自从会得园中意,清湛灵台似洗。鼓盆之后再无妻,任逍遥南北东西,闲来时呼童添火烧黄篆,兴至也与客携壶上翠微。偶行过荒田地,见一个骷髅暴露,不由我感叹伤悲。

【二煞】向前来细细看,退后来暗暗推,最可惜四肢五脏无踪迹。饥鸟啄破天灵盖,饿犬伤残地阁皮。这模样真狼狈。映斜阳眼眶中精散,受阴风耳窍内静寂。

【三煞】骷髅啊！你莫不是巴钱财，离故乡？你莫不是为功名到这里？你莫不是时乖运拙逢奸细？你莫不是蛊毒魔魅无人救？你莫不是暑湿风寒少药医？今日个自作下谁来替？只落得，闹穰，朝攒着蜂蚁，冷清，夜伴着狐狸。

底下四煞五煞以至于十一煞，都是"骷髅啊！你莫不是……"或"骷髅啊！你也曾……"一声声的钉问。再加上一个尾声：

骷髅啊！南山竹，书不穷，你那愚共贤。北海波，荡不尽，你那是与非。我如今掘深坑埋你在黄泉内，教你做无灭无生自在鬼。

这一个散套令我联想起莎士比亚的《哈姆雷特》第五幕第一景那两个挖坟人的对话："那颗骷髅也曾有过舌头，也曾会唱……也许是一个政客的，伤天害理的政客……也许是一位会说'大人早安！大人尊体如何'的廷臣吧？……也许是个律师的骷髅吧？……也许是个地皮大买主……"一连串的"也许是"和"也曾"和《庄子叹骷髅》如出一辙，只是莎士比亚写这一段戏词晚了约半个世纪。骷髅引人兴叹，原是中外一致，所谓人同此心，心同此理。

传法偈

偶读明代高僧憨山大师文集,他屡次提到毗舍浮佛传法偈。他说当初黄山谷以书法及诗作名天下,很多人来求墨宝,他不大写他自己的诗,他最爱写的是这一首《传法偈》。偈云:

假借四大以为身,心本无生因境有。
前境若无心亦无,罪福如幻起亦灭。

黄鲁直如此推崇此偈,其中必有深意。从字面上看,好像并无什么奥秘,不外是普通的佛家说教,"但欲空诸所有,不愿实诸所无"。可是仔细钻研了几年,自以为除了一点点粗浅的了解之外也还不能无疑。

第一句没有什么困难,熟读《金刚般若波罗蜜经》,便可明白四大皆空的道理。人之大病在于有身,其实此身并非实有,不过是地、水、火、风四种元素的组合。《圆觉经》:"我今此身四大和合,所谓毛发爪齿皮肉筋骨脑髓垢色,皆归于地;唾涕脓血涎沫津液痰泪精气大小便利,皆归于水;暖气归火;动静归风。四大各离,今者妄身,当在何处?"《菩萨璎珞经》:"四大有二种，一有识，二无识。"有识即是指身内之四大，无识指身外之地水火风。人在物故之后，此身之四大和合不复存在，分别归于四大，这道理非常清楚。但是一息尚存之际，即难不有物我之分，耳之于声，目之于色，肌肤之于感触，处处皆足以提示此身乃我之所属有。若说这是"妄身"，那也只有在"四大各离"之后才能有此想法，而我们知道在"四大各离"之后，便什么想法也没有了！没有实，也没有妄！不过若说此身的存在时间有限，早晚归于四大，不能长久存在，这当然是无可否认的事实。

人除了身之外，还有心。心不是四大和合的产品，可是我们能思维，有喜怒哀乐，好像随时可以证明心的存在是确实不虚的。偈云"心本无生因境有"，如何解释呢？这一疑问困扰了我好几年。读佛学书困难之一是其术语很多，有时含义亦不一致，故难索解。翻《汉英佛学词典》，发现"无生"可以译为immortal，我这才自以为恍然大悟。翻译时常能帮助我们理解原文，因为译文是经过咀嚼的，可能是冲淡了的，可是容易消化吸收，"无生"二字在此应作为形容词。有生即有死，无生即无死。心原是无生无死的。佛学上所谓"无生法忍"，所谓"明心见性"，我仿佛都可以明白是怎样一回事了。"因境有"三字又作何解？我们常听说，"境由心生"，现在怎么又说"由境有心"呢？我想，这个"有"字大概是"无生"中的"无"字之对。immortal又变成mortal了，于是遇境则七情六欲种种颠倒妄想纷然而生，此境一旦幻灭不复存在，则此心仍恢复其本来湛然寂静的状态，即所谓"时时勤拂拭，莫使染尘埃"了。《金刚经》："一切有为法，如梦幻泡影，如露亦如电，应作如是观。"即是"罪福如幻起亦灭"的意思。

悬记

"悬记"是佛家语,犹言"预言"。所贵乎预言者,必须事后证明其言不诬,言而不中则适见其鄙。

《大莲华经》,大士悬记正法兴替住灭,略曰:

南阎浮提释迦佛教法住世,原有五千五百年之因缘,因度女人,减五百年。释迦佛出世时,人寿八十岁。后每过百年,减寿一岁。至人寿五十岁时,战争迭起,风俗浇薄,毁坏佛说经典,塔婆制多,城池堡垒,亦多撤毁。天魔恶神,咸势炽盛。天运无常,晴雨不时,五谷不登,饿殍遍地,疾疫时作,人不自主,兄弟相讼,母女相猜,女人多不贞良,小儿不受约束……

此一悬记问题甚多。佛的教法住世只有五千五百年之因缘,因度女人而减五百年之说甚离奇。而关于人寿云云,现可证明其说与事实不符。佛出世时人寿八十,后每百年减寿一岁,千年之后减无可减,人种不灭绝耶?现在事实证明人类平均年龄是在延长,未见其缩短。大士奈何作此妄语?

曾孟朴的文学旅程

曾孟朴先生生于清同治十一年（一八七二），卒于民国二十四年（一九三五），是清末民初的一位著名的作家。他的家在江苏常熟县，是有钱的大地主家庭，从南宋以来八百年间即定居该地，拥有良田约一千亩。六岁开始读书，但不喜研习经典，喜作文学探险，广泛涉猎中国的传统文学。十八岁，秀才院试，第七名。二十岁，中举，一百零一名。二十一岁进京会试，因试卷污墨被刷。捐官为七品内阁中书。在京为官期间认识了洪钧和赛金花。二十三岁入同文馆法文班，就学八个月拂衣而去。从此不再尝试入仕清廷。研读法国文学名著，此后不断地从事翻译介绍。光绪三十年（一九〇四）联合友人创立"小说林书社"，致力于小说的创作与出版，这正是林纾等人在商务印书馆大量印行小说译作的时候。翌年《孽海花》出版，署名"东亚病夫编述"。民国元年当选江苏省议员，嗣后，转入仕途，历任官产处处长，兼办淮南垦务局事宜，财政厅厅长，政务厅厅长，民国十五年结束了他的从政时期。为官十五年，两袖清风。此后乃专心致力于出版与写作，创立真美善书店于上海，修续《孽海花》，翻译法国文学。晚年因健康关系放弃文学活动，消磨岁月于灌园莳花之中。这是孟朴先生一生经历的概要，比较详尽的资料具见《曾孟朴的文学旅程》一书，李培德著，传记文学出版社印行。

关于孟朴先生有几件事特别值得我们注意。首先我们注意他的时代，光绪二十年中日战争爆发，他二十二岁，战事的惨败彻底暴露了清廷的无能与维新运动之禁不得考验，有志之士没有不感慨奋发的。孟朴先生是当时觉悟的分子之一，在竞相学习声光化电的潮流之中，他走的是研究法国文学的路子，这显然与他的学殖和交游有关，究竟他的眼光不同凡响。文学也不失为救国之一道。他说："不要局于一国的文学，嚣然自足，该推广而参加世界的文学！"这是何等的胸襟。

林纾是孟朴先生同时代的人，他翻译的小说在数量方面是惊人的，商务印书馆出版了一百九十三部小说，大部分是他译的。林纾的功绩不可没，但是成绩却不高明。孟朴先生对他进了两项忠告：一是劝林纾用白话；二是建议林氏对他的译品应预定标准，多加抉择。可惜林纾成见甚深，没有接纳他的意见。小说不用白话，是自寻苦恼；译书而无抉择，是浪费精神。孟朴先生所译，包括雨果作品七种，莫里哀一种，左拉两种，都是第一流的法国文学作品。在这一点上孟朴先生似应在林纾之上。

《孽海花》这部小说，据光绪三十年有关该书的广告，是这样说的："此书述赛金花一生历史，而内容包含中俄交涉、帕米尔界约事件、俄国虚无党事件、东三省事件、最近上海革命事件、东京义勇队事件、广西事件、日俄交涉事件，以至今俄国复据东三省止。又含无数掌故、学理、逸事、遗闻。精彩焕发，趣味浓深……"被称为"政治小说"。光绪三十一年该书正式出书，广告措辞大致相同:"本书以名妓赛金花为主人公,纬以近三十年新旧社会之历史,如旧学时代、中日战争时代、政变时代,一切琐闻逸事,描写尽情。小说界未有之杰作也。"又被称为"历史小说"。我看称之为历史小说较为妥当。我不知道孟朴先生当初撰写小说时,对于西方历史小说这一类型有无明显的认识,但是我知道他在光绪三十三年的时候看到林纾于六个月内译成英国小说家司各特的两部小说《十字军英雄记》与《剑底鸳鸯》而感到非常欢喜,以为从此吾道不孤。司各特实乃近代西方历史小说之奠基者,他虽是苏格兰人,他的小说在欧陆上影响很大,像大仲马、雨果、托尔斯泰,都曾步武他的后尘。把历史人物与事实和虚构的角色与情节糅合在一起,乃是古已有之的一种文章技巧,但是在西方严肃的历史小说,则到了一八一四年司各特的《威弗利》才算正式形成。所谓历史小说,大概要包括下述的几个条件——

第一,作者须对所描写的过去一段历史有深入而广阔的了解。历史小说之典型的公式是描写两个矛盾冲突的文化:一个是式微的文化;一个是新兴的文化。

第二,虚构的人物与真实的人物一同在历史的环境中出现,而且同样的是那一个时代环境影响下的产物。

第三,所描写的历史与写作的时代有相当的距离,其中人物具有相当的重要性,其中事迹有相当重大的影响。

第四,也可以有例外,纯以人物描写为主,历史只是一个背景,或以冒险故事为主,以历史为纯粹的背景。

《孽海花》似乎是具备了历史小说的主要条件,只是故事发生的期间距离他写作的时候稍近一些，以至带有相当浓厚的写实的色彩，而又成为社会抗议的小说了。不管它是归于哪一类型，这部小说都是一部成功的作品，至于其中是否含有倾向于革命的色彩，那倒无关紧要。

管仲之器小哉

以前在一张国语日报上偶然看到一位胡坤仲先生写的《管仲之器小乎》一文,他说起高一国文第十二课司马光的《训俭示康》有"管仲镂簋朱纮,山节藻棁,孔子鄙其器小"一语,当时学生提出质问:"管仲那么奢侈,孔子怎么说他器量狭小?"这一问把胡先生问得愣住了。

《论语·八佾》,"子曰:'管仲之器小哉!'或曰:'管仲俭乎?'曰:'管氏有三归,官事不摄,焉得俭?''然则管仲知礼乎?'曰:'邦君树塞门,管氏亦树塞门;邦君为两君之好,有反坫,管氏亦有反坫;管氏而知礼,孰不知礼。'"孔子说管仲器小,是以俭与礼二事为证。在孔门哲学中,俭与礼都是至关重要的修身法门,所以子贡称赞孔子的美德是温良恭俭让,俭最要紧,由俭可以知礼,因为都是属于克己的功夫。管仲奢侈,有三个小公馆,生活靡费,所以孔子说他器小。所谓器,就是器量,也可解为器识。器有大小,非关才学。镂簋朱纮,山节藻棁,都是俭德有亏的明证。

何谓器小,何谓量大?于此有一旁证说明之。《魏志·文帝纪》注:"若贾谊之才敏,筹画国政,特贤臣之器,管晏之姿,岂若孝文大人之量哉?"孝文是否大人之量,姑不具论。我们要注意的是，行文之间"贤臣之器"与"大人之量"是对等的名词。贤臣之器，管晏之姿，是比较小的。贤臣而器小，即管晏之辈也。

管仲不是一个简单的人，虽然在私人品德方面不无出入，在事功方面却颇有可称者。《论语·宪问》："子曰：'桓公九合诸侯，不以兵车，管仲之力也。如其仁，如其仁！'"九合诸侯（纠合诸侯之谓），不用战争手段，谁能像他这样的仁！所谓仁，是指他之不用武力而能纠合诸侯这件事而言。孔子又说："管仲相桓公，霸诸侯，一匡天下，民到于今受其赐。微管仲，吾其披发左衽矣！"这是说管仲不比匹夫匹妇之短见，不肯自经于沟渎，留着自己的一条命为国家人民办大事，故不能说"管仲非仁者"。这也是就事论事，赞美管仲之事功而已，并不是泛论管仲之全部的人格，更没有说管仲是一个品学无亏的仁者。

太史公于《管晏列传》之篇末，另有一解，他说："管仲世所谓贤臣，然孔子小之。岂以为周道衰微，桓公既贤，而不勉之至王，乃称霸哉？"不辅弼桓公为帝为王，而乃以称霸为终极之目的，孔子之所以小管仲者盖在于此。这是司马迁的臆测，孔子未必有这种想法，看孔子对管仲的事功之极口称赞，便可知孔子必无是想。据《论语》所载，孔子小管仲，只是批评他的俭与礼方面的缺乏。司马光在《训俭示康》文中所涉及的管仲一事，显然与司马迁的解释毫不相干。孔子鄙薄管仲之为人，并不抹杀其事功，月旦人物不是正应如此吗？

万取千焉，千取百焉

读《孟子》，开卷第一节就有一句看不甚懂。

"上下交征利，而国危矣！万乘之国，弑其君者，必千乘之家；千乘之国，弑其君者，必百乘之家。万取千焉，千取百焉，不为不多矣。苟为后义而先利，不夺不餍。"大意当然很明白，是在言义利之辨，但是"万取千焉，千取百焉，不为不多矣"，这句话怎么讲？看了各家注释，还是不大懂。

《幼狮学志》第十三卷第一期有李辰冬先生一篇文章"怎样开辟国学研究的直接途径"，劝大家不要走权威领导的路，他的意思是不要盲目地信从权威，要有自己的真知灼见。假如权威人物的话是对的，我们当然要服从他的领导，但是权威不一定永远对。李先生举了几个例子，其中之一正是我憋在心里好久的孟子这一句话。依李先生的见解，"自从赵岐注错以后，两千年来更改不过来"，宋朝孙奭的疏，朱熹的集注，清朝焦循的正义，皆未得要领。李先生认为："解决这个问题很容易，只要把孟子书中所用的'取'字作一归纳，看看孟子是怎样在用'取'字，这几句话马上就释然了。"于是李先生翻《孟子引得》，"知道'取'有两种意思：一作'得'讲，一作'夺'讲"。"万取千焉……"

里的"取"字是作"夺"解。其结论是"万乘之国夺千乘之家，千乘之国夺百乘之家，这是上征利；正对上句'万乘之国，弑其君者，必千乘之家……'而言，这是下弑上。'不为不多矣'是指春秋战国时混乱的情形"。

我想李先生的解释大概是对的，因为这样解释上下文意才可贯通。所谓交征利，包括下与上争和上与下争两件事。李先生充分利用《孟子引得》，决定"取"作"夺"解，其实"取"字本有此义。"取"字有好多意思，好多用法，在某处应做某种解释，就要靠读者细心体会，同时再参用李先生的统计法，就更容易有所领悟了。

但是我要指出另一点。孟子是有才气的人，程子说他"有些英气"，《孟子》七篇汪洋恣肆，锋利而雄浑，的确是好文章。不过并不是句句都斟酌至当无懈可击。像"万取千焉，千取百焉……"这一句就有毛病，至少是写得不够明白。李辰冬先生说：孟子原文"语义多么清楚"！这一点我不大同意。如果原文语义清楚，赵岐便不至于误解。即使赵岐误解，也早该有人指出，何至于"糊涂了两千年"？即使大家都迷信权威，到如今我们说明其真义也就罢了，又何必借重《引得》，排比资料，然后才能寻绎其意义？"万取千焉，千取百焉"这八个字确是含混，所以才使人糊涂了两千年。"不为不多矣"一句也不够清楚，到底是什么东西"不为不多"？是"万"不为不多，还是"千"不为不多，还是上征利的情形不为不多？原文没有交代清楚。

我们的古书常有因为文字过简而意义不清楚的地方，也有因为作者头脑有时未能尽合逻辑而意义含混的地方，我们不必为贤者讳。西人有句话，就是荷马也有打瞌睡的时候。(Even Homemods.)

复词偏义

胡云翼编注《宋词选》，有两处指出"复词偏义"的例子。一是辛弃疾《贺新郎》："问渠侬，神州毕竟，几番离合！"注曰："离合——复词偏义，指离，指中原土地被侵占。"一是黄机《霜天晓角》："草草兴亡，休问功名，泪欲盈掬。"注曰："兴亡，这里是复词偏义，指亡说。"所谓复词偏义，是一个修辞学的名词，意为两个意义相反的字连成一个词，而只用其中一个字的意义。离合，只是指离。兴亡，只是指亡。

这样的例子，唐诗里也有。施鸿保《读杜诗说》指出杜诗中三个例子。一是《送韦书记赴安西》云："欲浮江海去。"注曰："今按《日知录》言，古人诗文有一字相连并用者，此江海亦然，本但用《论语》乘桴浮海意，江则相连并用字也。"一是《收京》云："克复诚如此，安危在数公。"注曰："今按公诗，犹有'安危大臣在''安危须仗出群材'，皆是常语，犹得曰得失，是曰是非之类，《日知录》详之。"一是《诸将》云："多少材官守泾渭。"注曰："今按诗意是多。云多少者，犹安危是非之类，《日知录》所谓有连及也。"施氏特别标出顾炎武《日知录》所谓"词有连及"之义，亦所以表示已有人指陈在前，不欲掠美之意。

按《日知录》卷二十七通鉴注，原文是这样的：

虞翻作表示吕岱,为爱憎所白。注曰,谗佞之人有爱有憎而无公是非,故谓之爱憎。愚谓爱憎,憎也。言憎而并及爱。古人之辞宽缓不迫故也。又如得失,失也。《史记·刺客传》:"多人不能无生得失。"利害,害也。《史记·吴王濞传》:"擅兵而别多佗利害。"缓急,急也。《史记·仓公传》:"缓急无可使者。"《游侠传》:"缓急人之所时有也。"成败,败也。《后汉书·何进传》:"先帝尝与太后不快,几至成败。"同异,异也。《吴志·孙皓传》注:"荡异同如反掌。"《晋书·王彬传》:"江州当人强盛时能立同异。"赢缩,缩也。《吴志·诸葛恪传》:"一朝赢缩,人情万端。"祸福,祸也。晋欧阳建《临终诗》:"潜图密已构,成此祸福端。"皆此类。

事实上此种词语见之于古人诗文,我们的语言里也有类似的实例。《红楼梦》里有这样的句子:"不要落了人的褒贬。"按,褒是誉,贬是毁,春秋以一字为褒贬,两个字代表截然不同的意思,可是二字连用在我们日常用语里却是有贬无褒。落了褒贬就是受人责难之意。不但《红楼梦》有此用法,现行的国语仍有此一义,所以《国语辞典》也收有褒贬一语,释为贬抑之意。

常听人说:"万一有个好歹,我可负不起责任。"此好歹一语当然是指歹,不是指好,意为不幸的事。"人有旦夕祸福",指祸,我想类似的例子还多的是。

复词偏义实在是不合理,斥之为"不通"也未尝不可;不过语言文字的形成时常有不合逻辑的地方,约定俗成,大家都这样沿用,我们也只好承认其为一格。析理过细,反倒像是吹毛求疵。

生而曰讳

顾炎武《日知录》卷二十三："生曰名，死曰讳，今人多生而称人之名曰讳。《金石录》云，生而称讳，见于石刻者甚众，因引孝宣元康二年诏曰，其更讳询，以为西汉已如此。蜀志，刘豹等上言，圣讳豫睹，许靖等上言，名讳昭著。晋书，高颙言范伯孙恂，恂率道名讳，未尝经于官曹。束皙劝农赋，场功毕，租输至，录社长，召闾师，条牒所领，注列名讳。"又注："王褒《洞箫赋》，'幸得谥为洞箫兮。'李善注，'谥者号也。'号而曰谥，犹之名而曰讳者矣。"

按：生曰名，死曰讳，固为不易之论，但交接应对之际，自己称名则可，直呼对方之名则不可，言语中提及他人之时亦不宜简单地称名道姓，通常总要加上适当的尊称，这是一般人所公认的礼貌。临文之际，不说某人名某某，而曰某人讳某某，亦正是同样的表示敬意之一端。不必一定等到人死之后才用"讳"字。《日知录》所引的几个生而曰讳的例子是证明此种用法古已有之。

其实，生而曰讳不仅古已有之，近代作家沿用之者亦不乏其人。《水浒传》第二回史进问鲁提辖"高姓大名"，他回答说："洒家是经略府提辖，姓鲁，讳个达字。"是则自己称自己的名也为讳了。这是否为当时的滥用此字之一例，则不得而知。总之这也是生而曰讳的一例。袁子才《小仓山房尺牍·与王顺哉世妹》："寄上画扇一柄，湖楼即事诗，求世妹和之；转致令继母程夫人令妹讳姗者和之，即交碧梧世妹处寄来。"如不曰讳而曰名，岂不唐突？是生而曰讳，有时有此必要，虽与字之原义不合，无伤也。

若干年前我编一刊物，采一来稿，记当代某公逸事，第一句是"公讳某……"引起一些人的批评，以为生而曰讳，不但不通而且不敬。须知语言文字是活的，是随时有变化的，如果每个字都以使用原义为限，真不知我们的语文要贫乏到什么程度。在另一方面，用字以原义为限，恐怕有时又非大众所能了解。总之，语文之事应以约定俗成为准则，似不必泥于古。

孝

元人郭居敬撰《二十四孝》以训童蒙,用意甚善,但由现代眼光来看内容颇多不妥。李长之先生曾作《和汉二十四孝图说》书评,刊于天津《益世报》我所主编的"星期小品"第二十四期(在民国二十四五年间),其中有这样的一段:

例如"王祥冰鱼"这件事吧,用人体去解冰,而得鱼。实在太残忍。如果像北方这样厚冰,可说绝非体温所能融化,如果冰不太厚,而体温可融,则体重恐怕又立刻成了问题,会沉下水中。这样的故事,可说完全出自一种虐待狂的想象。在一个健康的民族是不会产生的。我们幸而有原始的王祥故事在,那是见于孙盛著的《晋阳秋》:

后母数谮祥,屡以非理使祥,祥弟览辄与祥俱;又虐使祥妇,览妻亦趋而共之。母患方盛,寒冰冻,母欲生鱼。祥解衣,将剖冰求之。会有处,水小解,鱼出。

这就近情得多。王祥去求鱼,是想剖冰,那便只有用刀斧了,而不是用体温;他之解衣,也只是为了用力方便,并非想要裸体;至于鱼之出来,乃是偶然,乃是有一块地方冻得不厚,逢巧融化而已。王祥的母亲是一个继母，委屈从命也就罢了，要说冒了性命，用体温去融冰得鱼，那太有些不可理解了。

我曾以台北坊间所印《二十四孝图说》为儿童讲解，讲到郭巨埋儿一段，我感觉很难讲下去，这个儿童天真地破口大骂郭巨"浑蛋"，我为之愕然。因思"孝"是一件最平凡而又最自然的伟大人性之表现，训童蒙应选近情近理之事迹，不宜采取奇特难遇之情况为例证。郭巨埋儿是很难得遇见的情况，埋不见得是孝，不埋亦不见得是不孝。《礼记》："烹熟鲜香，尝而进之，非孝也，养也。"至于牺牲了自己的儿子来养亲，像这种孝法我们难得有实践躬行的机会。

孝父母与爱子女连续起来是一桩事，一是承上，一是启下。偏重承上，与偏重启下，均不得其正。

人在风木兴悲的时候才能完全懂得如何是孝。

清人陆以湉《冷庐杂识》录徐灵胎《洞溪道情·劝孝歌》，语虽俚而真挚动人，愿抄在这里：

五伦中，孝最先。
两个爹娘，又是残年。
便百顺千依，也容易周旋。
为甚不好好地随他愿？
譬如你诈人的财物，到来生也要做猪变犬。
你想身从何来，即使捐生报答，也只当欠债还钱。
哪里有动不动将他变面！
你道他做事糊涂，说话欹偏，

要晓得老年人的性情，倒像了个婴年，
定然是颠颠倒倒，倒倒颠颠。
想当初你也将哭作笑、将笑作哭，做爹娘的为甚不把
你轻抛轻贱，也只为爱极生怜。
到如今换你个千埋百怨！
想到其间，便铁石肝肠，怕你不心回意转！

海晏河清图

关于石涛有许多难解的谜。他的生卒年月就不易考订。有人说他生于崇祯三年,有人说是崇祯十三四年,更有人说是顺治十七年,相差有三十年之多。卒年亦无定论。总之他是明末清初之人。他是明朝靖江王的后代,他的父亲不肯依附唐王,卒至被杀。如果他是生于崇祯三年,崇祯殉社稷的时候他该是十五岁,家恨国仇,落魄王孙,万不得已,遁迹方外,曾有小诗一首:

诸方乞食苦瓜僧,戒行全无趋小乘。
五十孤行成独往,一身禅病冷如冰。

我们不能不同情他的身世,他的画超逸拔俗,和他的世外高人的身份也正相吻合。

但是相传在康熙南巡江南的时候他曾两度见驾,而且方睿颐《梦园书画录》还记载了他的一首诗:

无路从容夜出关,黎明努力上平山,
此去罕逢仁圣主,近前一步是天颜。

松风滴露马行疾，花气袭人鸟道攀，
两代蒙恩慈氏远，人间天上悉知还。
甲子长干新接驾，即令己巳路当先，
圣聪忽睹呼名字，草野重瞻万岁前。
自愧羚羊无挂角，那能音吼说真传，
神龙首尾光千焰，云拥祥云天际边。

方外高人似无山呼万岁的必要。诗亦俚俗，不似大家风范，故有人疑系捏造。画可以仿制，诗又何尝不可伪造？

近故宫博物院展出罗志希先生生前收藏书画，其中有石涛所绘《海晏河清图》一小幅，很有趣味。画幅很小，横约一尺，高六七寸。题识如下：

海晏河清

东巡万国动欢声，歌舞齐将玉辇迎。
方喜祥风高贳狱，即看佳气拥芜城。
尧仁总向衢歌见，禹会遥从玉帛呈。
一片箫韶真献瑞，凤台重见凤凰鸣。
五云江上起重重，千里风潮护六龙。
圣主巡方宽奏对，升平高宴喜雍容。
明良庆合时偏遇，补助欢腾泽自浓。
拜手万年齐献寿，铭功端合应登封。

海晏是海不扬波之意，河水千年一清，都是表示天降嘉应盛世升平，对帝王极尽奉承之词。看这一首诗，再看前述见驾诗，其口吻十分相似。无论见驾诗是否伪作，此诗大有可能是出于同一手笔。此画右下有"己巳"二字，见驾诗亦有"即今己巳路当先"之句，己巳是康熙三十八年（一六九九），是年帝南巡。画中己巳二字与题诗书法相同。如果见驾诗不是伪作，则此诗此画想亦非赝品。

　　现在不谈真伪，就画论画。海不扬波与黄河水清是两件事，画在一起颇为不易，祥风佳气更是难以表达于尺素之间。石涛上人执笔之前想必大费周章。画的近处是两个高岗，寒林点点，远处有船桅露现，再远处是茫茫的渚涯，可能是黄河入海处了。画中不但没有楼阁，没有人物，而且一片荒寒萧瑟之气，若不点明海晏河清，观者很难体会其善颂善祷之用意。我尝想，文人雅士在帝王淫威之下有时会实逼处此，不能免俗。石涛此作也许有他不得已的苦衷在。但是，我看了此画，很不舒服。

辑三　尺牍寸心

旧笺拾零

检视行箧,发现旧笺若干,往事如烟,皆成陈迹,人已作古,徒增浩叹。发表几件在这里,以为纪念。

郭沫若的一封信

一多、实秋:

信接到。拜伦专号准出(在二卷三号或四号),我在外还可约些朋友,稿齐请即寄来。我现在异常忙碌,年谱手中无书,恐难编出,请你们供给我些材料吧。达夫已北上,在北大法大两校任课,仿吾不日返湘,沪上只能留我一人了,周报事太忙,望你们救我。实秋,一别便又秋尽冬来了,几时我们终得痛饮一场呢?你的病曾就医否?在回马路中笔此。

沫若 十一月十六日

郭沫若的这一封信是民国十二年冬写的。寄到美国科罗拉多温泉。当时,我和一多在该处读书。一多和沫若没有见过面,但是一多在民国十一年曾写一篇长文批评郭译之奥玛·海亚姆的四行诗(《鲁拜集》),指出其中纰误,文发表于《创造季刊》,沫若不以为忤，且表示敬服之意，其雅量有足多者。所以他在民国十二年冬写这封旨在索稿的信。

我在民国十二年夏赴美，晤沫若于沪滨。郁达夫陪我到民厚南里去见他。一楼一底的弄堂房子十分简陋，成仿吾和他住在一起。我对沫若说我患甲状腺肿，他就说："我是医生，我来给你看看。"略一检视，他就说这是"巴西多氏症"（Basedow's disease），返身取出一大本医书，指给我看，详述此症症状及疗法，嘱我到了美国立即诊疗。我承他指点，到美后乃就诊于贝克医师诊所，服用碘质，照太阳灯，月余而瘥。他来信询及"病曾就医否"指此。那天在他住房勾留片刻，不觉至午，他坚留午饭，只见一巨钵辣椒炒黄豆芽由其日籍夫人安娜捧置桌上，我们四人聚食，食无兼味。约于晚间到会宾楼饮宴，由泰东书局经理赵南公的公子陪往付账。我于劝饮之下不觉大醉。我在沪停留十余日，为《创造周刊》写了一篇《苦雨凄风》。离沪之日，船泊浦东，沫若抱着他的孩子到船边送行。这就是我和沫若交往的经过，从此以后未再觌面。抗战期间，沫若任政治部第三厅厅长，主管宣传，这时候他已经不复是创造社时代的他，他参加了左翼的阵营。道不同不相为谋，所以在抗战时期同在重庆我竟没有和他有过一面之缘。

郑振铎的几封信

郑振铎，字西谛，长我两岁，北平交通铁路管理学校毕业，为商务印书馆高梦旦先生之快婿，进入商务印书馆任《小说月报》主编。《小说月报》自郑振铎主编后，大事更新，成为新文艺最有力的刊物之一。"文学研究会"适时成立，即以《小说月报》为其机关，网罗南北许多爱好文艺人士参加，如谢冰心、叶圣陶、茅盾、老舍等皆在其列。与郭沫若、郁达夫等领导的"创造社"对峙，形成两大流派。创造派的色彩近于浪漫主义，文学研究会则标榜人道主义，趋向于写实。

郑振铎本人并无明确的文学主张。他对《小说月报》的编辑持续多年，劳绩可佩。他自己的写作发表在《小说月报》的以《文学大纲》为主。《文学大纲》本是英国的作家德林瓦特（John Drinkwater）所著，上下两巨册，图文并茂，但只是通俗性质，介绍古今文学，以西洋文学为主。郑振铎翻译此书，特为加进中国文学，用意甚善，但烦简之间难得恰如其分。再则郑氏对于所谓"俗文学"特为热心，单独就我国俗文学而言，郑氏贡献甚大。

我对于郑氏《文学大纲》之翻译部分，很不满意，因为我发现其中误译之处甚多。默尔而息，不无耿耿，公开指摘，有伤恕道。我就写信给他，率陈所见。在我也许是多事，但无不良动机，在郑氏闻过则喜更表示其虚怀若谷。所以我公开郑氏这几封信如后。

实秋先生：

十一月五日的来信，已经拜读了。我非常感谢你的这种忠实的态度。我的朋友虽多，但大都是很粗心的，很少有时间去校读我的稿子的，只有你常常赐教，这是我永不能忘记的好意的。我愿意以你为生平的第一个益友！这个称号你愿意领受吗？我有一大毛病，就是做事太粗心。常常地在急待付印之时，才着手去做或译稿子，永远不会再读再校一次的，因此常常出现了许多不必出现的错误。所吃的亏，已经不少，然而这个恶习还不能改。今后必痛革此习！实秋，我愿意你常常地赐教，使我常常地自己知错！你愿意如此地办吗？自然，我知道你也是很忙的，未必有什么工夫去做这事。我的这个请求，可算是一个"不情之请"！然而为"真理"计，为"友情"——我恳挚地要求你为我的一个最忠诚的益友——计，我希望你答应了吧！我向你认罪，当你的《评〈飞鸟集〉译文》出来时，我曾以为你是故意挑战的一个敌人。但我的性情是愤怒只在一时的，无论什么人的责备，当初听时是很生气的，细想了一下，便心平气和，常常地自责了。我因你的指责，已于《飞鸟集》再版时更改了不少错处。不管你当时作此文的动机如何，然而我已受你的益处不少，至少已对于许多读者，更正了好些错误。实秋，我是如何的感谢你啊！在我们在振华相见时，我已认你是一个益友，现在让我们成为一对最忠实的益友吧！我自觉我是一个不会说谎话的较真实的人。以上的话，也许会使你不高兴，然而我不管，我不愿意说假话。

《文学大纲》原有出单行本之意，因在现在，这一类的书似有出版的必要。不过我自己对我所编的也很不满意，因此，还没有决定单行本究竟出版与否。但如果要出版，必定要请几位朋友仔细地校阅一下，你愿意担任一部分的工作吗？我万分地希望能将月报七期以前及其后的《文学大纲》与 Drinkwater 的原文对读一下，而指出一切的错误。关于中国的一部分，本是最不易做的，我居然大胆地做了，自己更是觉得不满意。有暇也请指教一切。又《小说月报》登载这几篇《文学大纲》的，你如没有，我可以寄上一份给你。别的再谈。

弟振铎上 十二月二十三日

实秋先生：

《小说月报》拟于今年四月出一英国诗人Byron的纪念号。国内对于他有研究的人很少，我很希望你能为我们做一篇文字，甚盼！交稿期在二月底以前。

弟郑振铎上 一、八

实秋先生：

来信已经拜读，承你的忠告至为感谢！我将永以你为我的益友，我作文每苦太匆促，所以常有错误，我很愿意有很闲暇的时间，给我去做文字，但终不能有，奈何？这种环境，很想能变动一下。

谨拜忠言，乞常赐教。

振铎上 三、五

张北海的一首诗和一副联附彭醇士的和诗一首

张北海，广东人，长我三岁。早年毕业于北京大学国文系，为黄节门下士。抗战期间任职教育部为督学，各地学校如有任何风潮或纠纷之事，教育部必定派北海前去处理，以他的快刀斩乱麻的手段，往往迅速奏效，为他赢得排难解纷高手的美誉。后改调为编译馆编纂，主持总务有年。北海重交谊，疾恶如仇，身材修伟，酒量甚豪，有侠士风。曾在"雅舍"居住一阵，故相知甚稔。胜利后，他返回广东，任西南六省党务整理主委。一九四九年来台，与我又共事于编译馆，他酷嗜围棋，虽棋艺不精，但兴趣极浓，能日夜观看棋谱，乐此不疲，熟诸围棋掌故，如数家珍，间亦喜欢吟咏，唯甚少写作，不轻易示人。一九五二年壬辰腊八为余五十一岁生日，腊七为北海生日，乃赋长诗一首赠我。原稿水渍，字迹模糊，特抄录如下：

十二月八日实秋五十一生日召饮，前一日适余初度。白曰：昨日之日不可留，抽刀断水弄扁舟。甫曰今夕何夕不可孤，咸阳客舍为欢愉。昨日腊七今腊八，上树寒鸡下水鸭。物情冻死何足论，休牵众眼惊以怯。（谚"腊七腊八，冻死寒鸭"。禅宗语录："鸡寒上树，鸭寒下水。"杜甫《花鸭》："羽毛知独立，黑白太分明。不觉群心妒，休牵众眼惊。"）一梦百年真过半，炊灶依然枕然枕窍洽。（《异闻录》："道者吕翁经邯郸道上，邸舍中有少年卢生，自叹其贫困。言讫即思寐。时主人方蒸黄粱为馔。翁乃探囊中枕以授之。生梦自枕窍入其家，见其身富贵五十年，老病而卒，欠伸而寤。吕翁在旁，主人炊黄粱尚未熟。陈后山《八月十日二首》："一梦人间四十年，只应炊灶固依然。"）侔天有子一畸人（《庄子》："畸人者，畸于人而侔于天。"），肝胆轮囷龙出匣。（《拾遗记》："有曳影之剑，腾空而舒。若四方有兵，此剑则飞起，指其方则克伐。未用之时，常于匣里如龙虎之吟。"孟郊诗："匣龙期剚犀。"）春秋志事在攘夷，莎翁译笔其余业。铁肠妙语天下无（皮日休《桃花赋序》："宋广平为相，贞姿劲质，刚态毅状，疑其铁肠石心，不解吐婉媚辞。然观其文，而有梅花赋，清便富艳，得南朝徐庾体，殊不类其为人。"《汉书·贾捐之传》："君房言语妙天下。"），忆同雅舍羁三峡，投老相看涨海隅，敢辞一鷃沦千劫。（《传灯录》："一鷃蔽空，孰为鷃之？"）人生识字忧患多（杜甫诗"子云识字终投阁"，苏轼诗"人生识字忧患始"），臧谷亡羊悲挟策。（《庄子》："臧与谷二人相牧羊，而俱亡其羊。问臧奚事则挟策读书，问谷奚事则博塞以游。"苏轼诗"臧谷虽殊竟两亡"。）未应再作秋虫声（苏轼诗"吟诗莫作秋虫声，天公怪、汝钧物情，使汝未老华发生"），且共淋漓倾日才榼。愿献菊潭之水千万缸（《风俗通》："南阳郦县有甘谷，谷中水甘美。云其山上有大菊，水从山上流下，得其滋液。谷中有三十余家，不复穿井，悉饮此水，上寿百二三十，中百余，下七十八十，名之为夭。"按菊水亦名菊潭。苏轼诗"菊潭饮伯始"），人间罪障可洗子可呷。（《荆楚岁时记》："十二月八日沐浴，转除罪障。"）

这首诗颇见功力，且豪气未除，不愧为湖海之士。他写完此诗，自己也很得意，以示彭醇士。醇士在北碚时亦曾诗酒联欢，能诗善画，今之高人。乃和诗一首如下：

北海寄示壬辰腊八实秋生日饮酒作歌。余与实秋不见久矣，因思曩岁游燕之乐今不可复得，而当时朋旧零落殆尽。次韵北海并简实秋。

君不闻黄鸡唱曲玲珑悉，白日去我谁能留？有人夜半移壑舟；又不见少年乘马锦裆褕，迟暮摧伤羁旅孤，寒灯拥被无欢愉。忆昔嘉江同饯腊，银壶泻酒盘蒸鸭。坐上檀桧声激扬，大弦悲壮小弦怯，主人劝客侧金叵，伐木高歌情款洽。朱锦江李清悚丹青入画屏，卢生冀野宝剑腾珠匣。旧游回首百无伤，文学扫除皈净业。神州重睹虎狼横，残骨未收赖血喋。故人生死隔天涯，夜雨凄凉梦巴峡。哀乐十年随泊换，江河两戒填棋劫。昨闻宵宴设桑张，愧我晨炊举菜荚。高斋持盏曲红张，衔袖花笺侑香才盍。吁嗟夫，人间万事如风狂！昔日桃与李，今为参与商。何尝携子清，飞观衣白裕，东海倾杯一口呷。

北海我兄吟正 烦转实秋兄正之 为叩第彭醇士

一九七四年五月某日，北海说他集宋词句成一联送我，当即取出身边签字笔写出，联曰：

一番风月更消魂，无计迟留，燕子飞来飞去。
千古英雄成底事，等闲歌舞，花边如梦如薰。

——集宋词句

关于徐志摩的一封信

一九五八年四月我写了一个小册《谈徐志摩》，发表了徐志摩写给我的一封信，原信是写在三张粉红色的虎皮宣的小笺上，写作俱佳，所以我为之制版以存其真。其内容是这样的：

秋郎：

　　危险甚多须要小心原件具在送奉察阅非我谰言我复函说淑女枉自多情使君既已有妇相逢不早千古同嗟敬仰"交博"婉措回言这是仰承你电话中的训示不是咱家来煞风景然而郎乎郎乎其如娟何微闻彼姝既已涉想成病乃兄廉得其情乃为周转问询私冀乞灵于月老借回枕上之离魂然而郎乎郎乎其如娟何

志摩造孽

　　原文没有标点，字迹清楚，文意也很明白。但是读者也有误会的。误会志摩是一个佻薄轻佻的人，引此信为证。由于我发表一封私信，使志摩蒙不白之冤，我不免心中戚戚。事隔五十余年，也许我现在应该把这一件私人的小事澄清一下。

　　民国十九年夏，我在上海。有一天志摩打电话来，没头没脑地在电话里向我吼叫:"你干的好事,现在惹出祸事来了!"当时我吃了一惊。他说他刚接到黄警顽先生一封信。黄警顽先生是上海商务印书馆办理交际事务的专员,其人一团和气,交游广阔,三教九流无不熟稔,在上海滩上有"交际博士"之称,和朱少屏博士办的寰球中国学生会常常合作,可谓珠联璧合。我在民国十二年出国留学,道出上海,就和这位交际博士有过数面之雅。志摩信中所谓"交博"即此君。所谓"原件具在送奉察阅",即黄警顽给他的信,此信我未存留,其中大意是说他受友人某君之托,嘱设法代其妹做媒,而其属意之对象是我,他请志摩问我意下如何。志摩得此怪信即匆匆给我打电话。

我听了志摩电话,莫名其妙。我说:"你在做白日梦,你胡扯些什么?"

他说:"我且问你,你有没有一个女生叫×××?"

我说:"有。"

他说:"那就对了。现在黄警顽先生来信,要给你做媒。并且要我先探听你的口气。"

我告诉他,这简直是胡闹。这个学生在我班上是不错的,我知道她的名字,她的身材面貌我也记得,只是我从来没有和她说过一句话。我在上海几处兼课,来去匆匆,从来没有机会和任何男生女生谈话。

志摩在电话中最后说:"好啦,我把黄警顽先生的信送给你看,不是我造谣。你现在告诉我,要我怎样回复黄先生的信?"

我未加思索告诉他说:"请你转告对方,在下现有一妻三子。"以外没有多说一句话。

此事就此告一段落,志摩只是受人之托代为问询,如是而已。志摩信中所谓"涉想成病乃兄廉得其情乃为周转问询私冀乞灵于月老借回枕上之离魂"云云，也许是文人笔下渲染，事实未必如此之严重。不过五十多年前，男女社交尚不够公开，无论男对女或女对男都受有无形的约束，不能任意交往，而师生之间可能界限更严一些。这件事，在如今不可能发生，如今谁还会肯"乞灵于月老"？

志摩一度被人视为月老，不料反招致不虞之谤，实在冤枉，故为剖析如上。

写给孙伏园先生的信

伏庐先生：

前蒙赐晤，快慰平生。

《冬夜评论》可否登载？因系友人托嘱，故敢渎问，请明以告我。

足下曾云："适之先生近亦有论诗的文字。"不知载在何处。因急于一读，望暇时示及。

昨读副刊中之《夏夜梦》，大妙！用意之刻颇似《阿Q正传》。大概是浪漫主义与写实主义掺搅成功的吧。但是今天的副刊又不继续登了，怅甚！

祝你健康！

弟梁治华（梁实秋原名。——编者著）八月廿日

写给舒新城先生的信

新城先生：

执事前承约编《文艺批评纲要》及《现代英美文学》二书盛意至感，弟自离沪后南北奔波，数月间迄未安顿，至今方稍得暇晷。唯两年均未动手，若不宽假期限，诚恐有误出版。盼即另觅高明以免延误，专此道歉。即颂

著安

弟梁实秋顿首 十一月四日

新城先生：

我最近译了一部英文小说《织工马南传》，计十万字，我想要卖五百元，不知中华书局肯买否？这本小说我想你一定知道的。因为原文已由中华翻印编为英文文学丛书之一了。我想你们既印了原文，正好再把译文印出来。希望早些得到你的回信。即颂

著安

弟梁实秋拜上 九月十五日

新城先生：

前得复书，承允印拙译《织工马南传》，盛意至感。该书既未能列入世界文学全集，稿费格于定章，则弟亦不敢相强。已另售与他家矣，兹复有恳者。友人费照鉴君执教武汉大学两年，现在青岛大学与弟为同事，对于文学造诣极深。近作《浪漫运动》一书，凡数万言，属弟一言为介。书稿已由费君直接邮上请教。贵局能否收印？恳早裁复为幸。至于稿费一项，则费君并不计较也。琐渎乞谅。即颂

大安

弟梁实秋顿首 十月廿七日

新城先生：

遵命将拙稿《文艺批评论》应备之序文、编辑凡例、各章问题及参考书目等项拟就另邮呈教。如有不合之处，请斧正为荷。将来出版时，乞赐下数册，特先请求。

在贵馆出版英文《织工马南传》，秋曾在此间用作课本，唯内中注释错误不少。秋曾译为中文，已由新月出版，现拟再印一中英对照本，未审贵馆可以担任印行否？请便赐复为感。即颂

大安

弟梁实秋拜启 十一月六日

新城先生：

兹另包挂号寄上赵少侯先生译《恨世者》一稿。赵君系敝校法文教授，文学造诣颇深，在《新月》增刊《迷眼的沙子》一册，在商务曾印《山大王》一册，均蒙好誉。彼现因需款，欲将此稿售与贵店。如蒙接收，可在明年贵店出版之《大中华杂志》

逐期刊载，可印单本，作为世界名著丛书之一。此稿经弟校阅无讹，可为担保。稿费多少悉听酌裁，乞勿却为祷。即候

大安

弟梁实秋拜启 十二月十七日

写给方仁念女士的信

仁念女士：

九月廿九日函由台湾报纸转来，谢谢你。承问三事，简答如下：

一、我在《新月》发表的文字，主要的有：《资产与法律》（译 Wore 教授作），因为我同意他的看法，私有财产是文明的基础，不可废。

二、我大体上服膺古典主义，反对浪漫主义。

三、白璧德教授和 Wore 教授影响我最大，他们的著作我全部读过。

梁实秋谨复 十月十七日

写给刘英士先生的信

英士：

我大病几死，热极时不省人事，满口英语，人之将死，其言也洋。《男人女人》稿费早已领到，且收条亦已补缴，绝无迟误，想必为足下弃置字篓，如须补填，请即寄下收据可也。兹附上另一收据乞收。光旦未来碚，未得一晤，甚以为憾。我作《新世训》书评，虽是不经心之作，但因此书评而购原书者颇不乏人，因人皆谓我轻不许人，故言必非谀也。

弟实秋顿首 四月廿四

这两篇的稿费大概仅足我一次发疟的药费，惨。

英士：

连发疟五次，奄奄一息，奉来书强勉连写两篇呈政。书评颇想写，但无书，焉得有评？贵刊久不出，读者均终有变。《总统在为和平而努力》一文标题欠妥，总统二字之上必须加一"美"或"罗"字，理由甚显。十一月中弟需赴渝，盼能一晤。我的小品《孩子》一文，是不是登在第二期，请补寄一份，土纸本亦可。

实秋顿首 九月十七

英士：

稿收到否？兹查光明书局出有胡明著《现代世界经济讲话》四百余页，唯不知此书有无一评价值，又不知已有人评过否？乞示及〇〇。（信中〇〇因原函脱漏，无法辨认。——编者注）

近来精神食粮，异常缺乏，来路货尤缺，贵社经费充裕，可否购来一些，朋友亦得分润？

实秋顿首 九、一九

写给缪天华先生的信

天华先生：

惠赐大作《雨窗下的书》，收到谢谢。内中三卷文字，性质不同，但皆亲切有趣，不堕俗套，佩服之至。匆此道谢。即颂

大安

弟梁实秋顿首 一九七一、十二、五

写给吴奚真先生的信

奚真：

惠书拜悉。齐主任尚未来信，俟有信来，方敢动笔。官方做事照例迟缓，无分中外皆然。翻译中文作品，弟不热心，亦不欲浇冷水败人意耳。

编译馆编英文教科书过去处理乖方，乌烟瘴气，基本毛病出在徒慕虚名不重实际。望重官高，与教科书乃截然二事，今后如仍不改此弊，必将无一是处。退休教授在图书室看书，受到奚落，真是可慨之至。弟退休后在图书馆亦有不愉快之经验，以后遂决不再去。教授肯看书，乃学校之光，欢迎之不暇，讵可加以歧视？少年躁进之士往往不识大体，令人太息而已。

编译馆欲编《英国文学史》，对弟乃一大好消息，可鞭策下努力工作。以弟最近两年经验，此事大非易易，眼高则手低，资料多则选择难，同时平素读书太少，认识不够真切，一动手方知困难重重。

浦家麟先生编《汉英字典》事，可拟一计划试商。条件必须订定清楚确实。最近远东出版社为编数学教科书，弄得很不痛快，刘锡炳先生愤而去职，想兄亦有所闻也。

大雪之后偶出散步,内人不慎跌了一跤,伤及胯骨,僵卧静养中,贪图赏雪乐极生悲,不幸之至。匆此即颂

大安

弟梁实秋顿首 一九七三、一、九

奚真:

惠示拜悉。拙稿《放风筝》一篇,编译馆尚未寄来,乞顺便注意及之,我要事先看看,一来是看看他的改笔自己受惠不浅,二来万一有可商量处仍可及时提出也。

前函曾谓Rolails治胃痛颇有效,不知此药台北能否买到?请告诉我。如买不到,则敝寓离菜市邮局均近,早出散步购买付邮极为便利,当以小包奉上一试。请勿客气。

国语中心,见发达,老兄调度有方,至可欣慰。行政琐务当然毫无兴趣可言,唯对国语教学方法加以研究也是一大贡献。美国近来对中国发生热狂,实则仍甚肤浅,关于文化语言等项则各机关大抵不肯多用钱多请人。美国人急功近利,所见不远。弟在此将近一年,对美国之估价日益降低,何欣婚后生活当较轻松我很为他高兴。匆此即颂

大安

弟梁实秋顿首 一九七三、四、廿一

写给聂华苓女士的信

华苓:

照片收到,神采焕发,较前更为年轻!另一张已寄孟瑶。来信仅写安东街9号,未写309巷,幸亏邮差机警,居然送到。王敬羲来,谈了两次,他颇想来台,但此地谋一适当工作亦非易也。他告诉我你那里生活状况,知道你很忙,但亦很愉快,我们亦为之欣慰。

孟瑶到台中去教书,偶有信来,据说有房一栋,尚称满意,在东海兼课,亦颇忙碌,无事不会来台北。

我自退休以来,生活较前轻松,日唯以译莎士比亚自遣,现已译至第三十六本,再过两三个月即可全部译完。现已交远东开始排印,预料暑后可出版。这是我一生中最大一件工作,好坏不计,拖了三十多年卒底于成,私心窃喜。

海音编《纯文学》杂志,已出两期,销路还好,可卖两千余册。何以不见你的大作?在海外所闻、所见、所感,必有可以笔之于书者,盼抽暇执笔,勿忘台湾之读众也。

今日除夕,鞭炮之声盈耳,久在外,亦想回台湾否?匆此即祝

旅安

梁实秋顿首 一九六七、二、八、除夕

内人附候

华苓：

接到你的圣诞卡，谢谢。自从你离开台湾，我们好像不只是少了一个朋友在一起，你带走了许多令人愉快的气息！海音办了一个《纯文学》月刊，内容不错，但销路不佳，听说书局赔了几十万。我自从退休，很少外出，八月间出版了《莎士比亚全集》，大热闹了一番，同时也是我结婚四十周年，女儿文蔷全家都在台，生活颇不寂寞。现在全力译莎氏之 Sonnets and Poems，一年内可竣事。本想环球一游，文蔷要住到一九六八年年底，我只好等她走了之后，再计划旅行的事了。你的生活想必安善，有孩子们在一起，事情再加上忙，一定过得很好，前些时寄来照片，满面春风，即其明证。有闲暇时可以用中文写一点东西寄回台湾发表，因为台湾还有不少想念你的人。匆上即颂

年安

梁实秋顿首 一九六七、十二、廿八

华苓：

接到你的照片，好像比从前丰满些，我们看了很高兴。今年收到的圣诞卡，以你的为最漂亮而且有意义。朋友们越来越少了，夏菁全家迁往牙买加，孟瑶住在台中，一年难得见一面。海音也不常见，她忙。最近这两年，我的女儿全家来台（前天已回美），稍稍给我家带来一些热闹的气氛。但是热闹后的冷静，滋

味也不好受。我的酒，一瓶瓶地增加，但无人来喝。

我想起，佛家所谓"八苦"其中之一是"爱别离苦"，另一是"怨憎会苦"，意思是"爱见的人见不着，不爱见的人偏常见面"。人生确是这样。我译完了莎士比亚戏剧三十七种，诗三卷，共四十册，去年出版后一星期即销出了三千部（因为大同的林挺生先生独自购了两千六百部分赠各学校）。我没有寄给你一部，实是因为太重，拿到邮局去都拿不动。我们的健康还算好，只是吃力的事情做不来了。美国的生活只有你们年轻人，才能承担下来，所以我也不想离台，有机会也都婉谢了。你的两位女儿想必都好，我们诚恳地祝你们平安顺遂！

梁实秋顿首 一九六八、十二、十五

内人附笔

华苓：

隔了八年，又见到你，真是高兴，又会到安格尔先生，快慰生平。他送给我的诗集，已拜读过，知道他是一个很了不起的诗人。我首先读了那首《台北郊外》，感触极深。坦白、热诚、博爱，是美国的民族性，而能用细腻、朴实而又巧妙的文笔，表达出来的人并不多觏。若干年前我听 Robert Frost 诵他的诗作，如 *Birches*、*Mending Wall* 几首，印象之深永不能忘。如今读到安格尔先生的诗，我有同感。请你告诉他，我如何喜爱他的作品。沈从文的短函复印奉上。另字典两本，亦同时包裹寄去，乞哂纳。匆此即颂

大安

梁实秋顿首 一九七二、八、三

内人附候

华苓：

收到大作《沈从文》，谢谢。文字写得太好了，除了欣赏之外，还有钦佩与羡慕。沈从文的作品，是不是像你所说的那样有价值，我不敢说，因为有很大一部分我没有读过，我只看过他早年的写作。你在传记部分，忽略了抗战前三年中，他和杨振声合编中学国文教科书那一段，那些教科书辗转发到了编译馆，我适主管此事，有机会看到书稿，编得很好，只可惜不合学校使用，尤其不合抗战期间使用，所以弃置未用。

内人雪后跌伤，养了两个月才好，我做了两个月的护士，现已恢复我的写作生涯矣。匆此即候

大安

梁实秋顿首 一九七三、三、六

内人附候

华苓：

收到你的信。侯榕生的文章看到了，是王节如给我复印寄来的，只看到三段，写得相当具体而细致，文笔也不错，尤其是文字有个性。王节如割胆石颇不顺利，割后很久未愈，至今肚子上还插着一根塑胶管！

我译的安格尔先生一首诗，何欣说登在十月号《现代文学》，一直到现在我也没看到，我已写信给另外一位朋友打听。

梁实秋顿首 一九七三、三、廿八

写给刘白如先生的信

白如校长吾兄：

弟初来台，承兄不弃，嗣弟转就台大，又荷挽留，盛情可感。如有驱策，不敢言辞。唯文学院院长一职，非弟所能胜任，对于行政事务，苦乏兴趣。敬请另觅贤能，使弟能安心教学，倘有寸进，皆兄所赐。掬诚奉恳，敬希见谅。原件璧还，幸无怪罪。专此即颂

刻安

弟梁实秋顿首 一九五五、五、廿七

白如吾兄：

英语中心第一批结业生，各校争相延聘，兹附表请阅。分发实习事，今年全由上级单位办理，故特附上此表，敬希尽量按照此表分发，因与各校均已洽妥。此是弟离职前唯一请求，务恳会知主管人员注意，拜托拜托。

日前杜校长送聘书来，弟已面辞，我心已决，不可复留，兄现虽已不在校，而弟在卸辞之际仍不能不在兄前喋喋也。

弟梁实秋顿首 六月一日

白如吾兄：

一年容易，又是岁阑。承赐贺卡，谢谢。《雅舍小品续集》乃是汇集旧作，真是雕虫小技，不足齿也。弟所撰《英国文学史》，奋力以赴，进度迟缓，现仅成三分之一强。古人云"学然后知不足"，弟今不学亦知不足，以英文学范围之广，深感自己知识不足，同时又不愿强不知以为知，于是苦矣！所幸此间环境良好，弟除每日外出散步外，足不出户，唯伏案而已。文蔷本在夜间部授国画，现已辞去，改任当地一所Community College（专科学院，等于大学预科）讲授食物与营养，专任，每周五日早去晚归，虽然辛苦，得用其所学。铨叙资历时以在师大任助教之故，而加薪数级，此皆吾兄之赐也。

西雅图地当东西要冲，常有朋友往来过此，故对岛内情形弟不隔阂。顾一樵归来后带了不少消息，亲朋故旧多已成鬼！最近家人来信，告以家慈于十年前弃养，享寿九十，弟至此始知已成无父无母之人矣，痛哉痛哉！

近看报端广告，吾兄著作不少，讲学之余犹亲笔砚，至可佩也。冬寒珍摄。即颂

年安 嫂夫人安

弟梁实秋顿首 一九七三、十二、十九

白如兄嫂：

内人程季淑于今日逝世。散步时被路边铁梯倒下压伤，手术后麻醉不醒，心脏衰竭不治。享年七十四岁。谨此讣闻

梁实秋 一九七四、四、卅夜

白如兄：

惠书敬悉。

老兄兼任台湾教育部门会事，能者多劳，信而有征，敬为兄贺。

人文主义乃西洋名词，与我儒家思想暗合，弟于五十年前即向往之，在文学方面弟倡人性论，辟左派阶级论之说，而听者藐之。今台湾教育部门知人文之重要，是大好事，盼兄鼎力擘画之。唯空言倡导，无济于事，需有事实作为方不落空。弟老矣，无复当年勇气。幸矜亮之。

弟未转移阵地，实乃胡有瑞之坚持，报以短文三篇，债已偿。

春寒仍厉，珍重珍重。

弟梁实秋顿首 一九八六、三、廿六

写给陈祖文先生的信

祖文、陈太太：

我们现已返回西雅图。祖文检查身体后，想必一切安好。饮食起居，务必注意。我们到华府盘桓三天，人困马乏，仍然是走马看花，目不暇接。在纽约，浦家麟、陈达遵夫妇、张之丙、徐建文来接。住了四天，每天跑得两腿清酸。美国的食物真不好吃，在纽约吃到够水准的中国酒席。此外各地一律的牛排炸鸡之类，吃久了难以下咽。在加拿大吃到一碗芥菜豆腐汤，大为高兴。此行最感兴味的是水牛城之尼亚加拉瀑布，我们在美国方面住了一夜，到加拿大方面又去住了一夜，看夜景很有趣。瀑布雄伟，不愧为世界奇景之一。随后我们到了Detroit住了两夜，参观了福特王国的一切设施及纪念物。祖文译过《福特传》，一定知道他的一切。此人确是一个人物，不但有毅力眼光，而且有服务人群的热忱。财富之雄厚，固然惊人；而其为人更为难能可贵。他的住宅壁炉，有一排字"Chop your own wood and you'll get warmed twice"意义深长。我们二十三日飞返西雅图，家里锁窗闭户有两星期，一无损失，只是干死了两盆小花。东部之游告一段落。西部当再出游一两次，然后就要归去来兮。达遵也不主张我去斯特拉福，他的理由是：莎氏在十八岁就离开家乡，老时没住几年就死了，斯特拉福不是他一生活动的背景，有何可看？达遵与我长谈，他说明年或后年夏天返回台湾过一个夏天。目前他在联合国做事，收入不恶。张之丙嫁了外国人，我事前还不知道。此地天气真好，不热，早晚很凉。匆此即颂

双安

梁实秋拜启 一九六〇、六、廿四

内人附候

祖文：

十月十二日函诵悉，知明年有机会可以来美一游，甚为欣喜，希望能成为事实。我们在此已将近五个月，一切并未习惯，只是麻木了，不适应也得适应。中秋节糊里糊涂地过去，因为这里很少人还记得阴历。昨天是重阳，今天才发现。"双十节"那天，因为领事请酒会，才没忘记，这种应酬我一向不参加，如今倒不好不去捧场，有三四百人参加，中外皆有，唯独缺乏年轻的学生，好像一个都没有。

此地深秋，枫红似火，人谓"枫叶红于二月花"，我则谓霜林亦知衰老，犹人之华颠。旬日之内，红叶均将脱落，委弃于尘埃中。肃杀之气，令人悚然。

近读郭沫若《李白与杜甫》一书，颇多新解。斥杜甫为地主阶级，为统治阶级服务，列举许多诗句为证，可发一笑。

陈宏振先生是清华毕业，比我早约十年，此际应在八十岁左右，他英文根底好，只是太老了，住在政大前来兼课，得毋过于劳苦？

内人健康尚可，血压及风湿均未大犯，只是对此间饮食不能满意，难得买到一次豆腐或豆芽，颇怀想台北菜市所能买到的一切一切。我欣赏本地特产的苹果，现正大量上市，二角五一磅，新鲜甜美，梨亦不恶，葡萄已过时。这里一切都贵，唯鸡蛋比台北廉，约三角一打。在台湾想出来玩玩，出来又想回去。如此人生！匆此即请

大安、尊夫人安

梁实秋顿首 一九七二、十、十七

内人附候

祖文：

七月廿八日函收到。你译完了《当代美国诗》，真是可贺。当代诗比过去的诗难译，一则是没有注解，全凭自己揣摩；二则是写作方法不同，侧重内心直觉，往往难以索解。译者必须细心体会方能懂得作者之用心，此事非你莫办，我相信你的翻译必定精彩。

我写的《英国文学史》，因生活动荡，搁下了很久。现写完了弥尔顿，十七世纪尚有一半待写。古代固然难写，近代的也有其不易处理之点。我自讨苦吃，不知何日完成。深悔下手太迟，如二十年前动笔，情形完全不同矣。暇时在读《诗经》，已读完国风部分。深觉好大部分皆不可究诘，前人注诗大半胡说，近人研究亦多附会。文字解释尚在其次，诗的本事多不可考也。目前我在赶写一个小册，纪念我的故妻，因为我自丧偶后实在哀痛，想写一点东西稍泄我的哀思。我十一月初必定回台小住，我没有什么事需要你帮助，唯颇希望你如有兴趣可和我一同游玩游玩，

能有朋友在一起谈谈便是我唯一的乐事也。日前王敬羲来，一饭而去。匆此即祝

　　大安

　　梁实秋顿首 一九七四、八、三

写给余光中先生的信

光中：

别来刚满半年，日前申请延期居留，尚未得批复，如不准，当即摒挡作归计，亦良佳也。在此居住，一切都好，唯饮食不佳，牛羊腥膻，不如我们的青菜豆腐。以前胃健，甜咸冷热一律不忌，如今年事稍长，亦不免挑三拣四矣。又加新染胃病，时复一发，不能不加小心。一饮一啄，莫非前定，人生到此，喁喁而已。所编《英国文学史》，野心太大，实力不足，日夜苦读，犹不足以补苴知识上之遗阙，现完成尚不及半，以言杀青，人寿几何？尽力为之而已。夏菁返台，失之交臂，怅何如之，不知现在是否仍在牙买加，便中告我其通信住址。政大系务繁杂，可想而知，文书鞅掌之余，不知尚有诗兴否？此间已届初冬，红叶落尽，唯待降雪使我一开怀也。

匆此即候

近安

梁实秋顿首 一九七二、十一、廿五

光中：

得来书，甚喜。介绍信附上，希望你能顺利成行。香港在某些方面可能比美国还好些。至于学校好不好倒无所谓，因为教书本非我们的本愿，不得已而为之，在哪里执教都是一样。匆此即颂

近安

梁实秋顿首 一九七三、七、六

写给林海音女士的信

海音：

收到《纯文学》，谢谢你。在海外读到中国杂志，如他乡遇故知，别有滋味。信封上的住址你写错了，是35th Ave，不是3th Ave，但是幸而有98125字样，邮差认识姓名，依然投到不误。这一期的内容很丰富，花了我一天工夫大致读完。

西雅图海关十分严格，我带了一包豆腐干，美国佬硬说是肉制品，意欲没收，几经说明无效，最后请来美农业部专员鉴定，方允放行。他们态度并不坏，检查严格而脸上始终有笑容，一面要没收人家的东西，一面嘻嘻哈哈说笑话，并不绷脸皱眉，这就是美国人的可爱处。

西雅图好冷好冷，早晨三四十华氏度，最热的一阵不过五十几华氏度。我们穿的衣服是春天的，此地气候是严冬！我们除了在家聊天，就是上街买东西——与其说是买，不如说是看。美国市场琳琅满目，看了真想买，一想二十公斤的行李限制，心就冷了。吃的嘛，可口的不多，还是我们台湾的好——不过小红萝卜真好，又嫩又甜又有水儿，比咱们北京的好像还胜一筹。不知你同意否？

我此次来不敢惊动任何人，不料报纸上登了一条小新闻，海外版也照登，钟露升看到了，他一加宣传，立刻就成了新闻。我在西雅图小憩，想到东部去。内人在飞机上下时，晕得厉害，欧洲之行怕有取消之必要。好在莎翁已经去世，凭吊故居也没有太大的趣味。不去也罢。我们身在海外，心在中国，想念我们那个家园！

祝安

梁实秋顿首 一九六、四、卅

内人附候

海音：

我们今天飞到美国去了，连日阴雨又值感冒，未能走辞乞谅，垂暮之年，远适异邦，心情如何可以想见。匆此即颂

大安 承楹兄好

梁实秋顿首 一九七二、五、廿六

内人附笔

海音：

收到你的信，三张照片，照得好，洗印得好，只是其中有两个老丑不大好看。我每天早晨洗脸，不敢抬头照镜，然而，然而，有什么办法！前几天收到王节如写三页长信，字迹有一点倾斜，看来这场病势不轻，据她说还要静养几个月。

谢冰莹也有信来，据告不拟再开刀。我觉得她太不幸了，我很同情她。她是一个很厚道的人。最近我收到一封信，是我们一个外甥从清华大学寄来的。好多亲友都故去了！我母亲于十年前

逝世，享寿九十，到今天我才知道，锥心惨痛！

顾先生有信给我（没回答我的问题），他是携夫人女公子返去探视亲旧的，那边报纸有登载，还有照片，顾先生都复印给我看了。来书所述夫人患癌故去探视云云，不确。此间已下雪，唯落地即融，还没冷到程度。女儿外孙和你一道返台，府上热闹可想。我P.R.杳无消息，谁说外国人办事敏捷，其不便民无以复加也。匆此即颂

大安 何凡先生好

梁实秋顿首 一九七三、十一、十

内人附候

海音：

内人不幸于四月三十日晨外出散步，被路边油漆铁梯倒下击伤。急救行手术后未能从麻醉中醒转，遂告不治。享年七十四岁。于五月四日葬于公墓。友人浦家麟从纽约，陈之藩从休斯敦，闻讯赶来，至为可感。现正办理法律手续。我突遭打击，哀哉痛乎，何复可言！心慌意乱，恕不多写。即祝

大安

梁实秋顿首 一九七四、五、五

承楹先生均此不另

海音：

得惠书及照片八帧，感激之至。看见灵堂景象，当然伤心，但是仍然想看。一面看一面流泪。明天是"断七"，要去上坟，以后就不定期地去了，已约花店每星期送一花束。一个多月来，

我表面上较前稳定一些,内心苦痛则无时或已。文蔷已放暑假,可以不上学了,这一个月来,常常整天家里只我一人,一个人做午饭吃,真不是滋味,有几天两个孩子回来伴我吃饭,我心里另是一番难过。院里的花比去年旺盛,我不敢去看,一看就要大恸。寝室内一年四季皆有插花或盆栽,今后一律免除。我不能再看见花,一见花就只想摘下来送到坟上去!附上两张照片,去年照的,今年还没来得及,惜花人已长埋地下矣!匆上即请大安

梁实秋顿首 一九七四、六、十四

请告承楹先生,我感谢他在台湾报纸上发新闻,陈祖文已剪报寄下矣。

写给张佛千先生的信

佛千吾兄：

辱书拜悉。弟于诗词毫无根底，往往平仄失调，遣词欠妥，承指示，感激之至，兄不仅一字师也。

"饱饭"下落四字一句，为"早停浊酒"。盖弟因病困，早已与酒绝缘。

鬼是洋鬼子，近年来美国男男女女披头散发确似活鬼。

"秋来饮啄，不见鲂药"，改为"秋来兴发，空忆鲈莼"如何，盖欲避免"酒"字。

海曲之"曲"为仄声，因见前人有用仄声者，但诚如尊教宜为平声始音节流畅，请改为"隅"如何？

兄之诗词工稳老到，潇洒自如，弟实佩服之至。论词之起源及发展，脱稿之日，幸赐一读，至祷至祷。专此即请

大安

弟梁实秋顿首 一九七三、七、八

佛千吾兄：

顷接故宫日历一册，既有阴阳日历可察，复逐日有古物照片

欣赏（二月二十与五月廿四重复），实日历中最佳之作，拜领谢谢矣。弟来此倏已一年半，无善可述，唯老丑之态日增，近患牙疾，又拔去一枚，所余无几，真所谓头童齿豁。

偶见先生大作仍见诸报端也。弟居此环境优美，而生活颇为枯寂，因友朋过往太少之故，然因此读写时间较多，亦有收获。目前友人徐道邻君病故，弟于客中执绋送丧，心情凄然久之。近日与亲友通信，故旧大半均已成鬼，侄甥辈来书满纸生产建设，无片语只字话家常。谢冰心与顾一樵长谈五小时，我问顾所谈何事，顾避而不谈，仅以当时照片见贻。顾题诗有"共庆稻粱收大地，惊看日月换新天"语，刊北京报端，港报亦转载，成一时新闻。天寒珍重，顺颂

年安

弟梁实秋顿首 一九七四、一、十

佛千吾兄：

辱书及大作均已奉悉。文中齿及下走，荣幸何如。台湾刊物量胜于质，弟离台后赖朋友偶尔寄阅几种，与台湾不至全失联系，如是而已。弟在此不开汽车，活动范围不出周围一英里，朋友不多，各有事累，难得存问。故终日非读书写稿不可。杜诗"贫病他乡老"，弟于此外尚有孤独之感。因思隐居诚非易事，需要修持。王恺和先生写《孝经》，极佳，谢谢。

唯卷首注明附白话文解释，但遍寻不着，不知何故。

尊恙肺炎已告痊愈，台湾天气不佳，应特别珍摄，勿过劳。服膺之方块文，久不读，尚读写耶？匆此即颂

大安

弟梁实秋顿首 一九七四、二、十八

佛千吾兄：

八月二十大函奉悉。前承寄《联合报》副刊尊稿，收到未即复，为罪。弟自遭惨变，身体健康尚能维持，唯精神苦痛非言可宣。从前读古人之悼亡诗，总觉事不干己，嫌其辞费，如今轮到自己，方知惨痛！近因怀念亡室，写一短文约五万字，述五十年来共同生活之琐事，年内可以出版，届时当呈教也。

何怀硕今日飞美，据告九月一二日左右将专来西雅图一晤，弟正扫径以待。董阳孜书画均佳，我甚欣赏，唯带有日本气之狂草，则非吾之所喜。以其已具备之功力，仍宜遵循传统正途迈进。尊意以为然否？

尊作"杂记"专栏，必定精彩，弟亟欲拜读也。

西雅图为水陆码头，过客甚多，传来台湾消息不少。弟原拟十一月返台一行，现因小女不甚放心，欲俟其十二月中放假时与我偕行，只好从之，故十二月中旬当可到台北一聆教益。

尊寓电话号码，便中请示知。弟在台北只能停留半月也。匆此即请

大安

弟梁实秋顿首 一九七四、八、廿七

写给陶龙渊先生的信

龙渊先生：

辱函赐唁，感激之至。内子惨遭意外，言之痛心，五十年夫妻形影不离，一旦永诀，其何以堪。现延律师进行讼事，然损失实无法补偿也。陈秀英来函，拟在善导寺为做一场法事，因内子生前信佛，朋友们有此好意，自未便拒绝，然弟无法归去一哭。

离台后知杨伯玉兄亦已作古，人生无常，可叹也已。见蒋孟璞先生时，乞代问候。匆此即颂

大安

弟梁实秋顿首 一九七四、五、十七

手颤，乞谅。

写给陈秀英女士的信

秀英：

初离台湾，离乡背井，那滋味真不好受，尤其是你有孩子，更是牵肠挂肚了。我六年前到美国，羁旅孤单，那份凄凉非言可喻。我是一个family man，离不得家。所以我总是懒得到外边去跑。最近香港中文大学又要我去讲演三天，我还是拒绝了。俗语说，"金窝银窝不如家里的狗窝"，我就是一个舍不得离开狗窝的人。其实也即是没出息也。你只有一年多就回来，时间很快过去，盼善自安排，毋自苦。美国式的伙食也有可吃的部分，日久你自然习惯，不一定烧饼油条方能果腹。

任先生已得学校允许离台，不过颇为勉强，今年联考出题及阅卷都落在他头上，虽有炳铮帮忙，亦很吃重。

我译 *Sonnets* 已排好，*Venus&Adonis* 亦已译毕，仅余 *Lucrece* 一首，预计今秋九月间可以印出来。从此我即将向莎士比亚告辞矣。这个家伙缠了我好几十年。

台湾已开始暑热，听李方桂方从夏威夷来云彼处较台湾凉爽。旅中多加小心，要用功，但不要太用功。匆此即祝

刻安

梁实秋拜启 一九六八、六、卅

内人附候

舍下又遭小偷光顾,夜间二点半,我正醒着,故无损失云。

秀英:

好久没写信了,想生活安好。我来此已两月有余,总算定居下来,我上月内写了约十万字稿,成绩不算坏,主要原因是天气冷,穿着棉衣伏案作书不觉苦恼。我生活并不寂寞,一家六口,各个皆忙。看报纸杂志的工夫都很难得。一份报纸,隔日送到,则一字不漏地看完。我们虽然在美,心在中国。生活环境再好,终归不是自己的家乡,异乡作客的滋味不好受。

大专联考,你一定大忙一阵。主持阅卷事宜,虽无多大困难,也要小心从事,不出毛病就算成功,人事应付一团和气也就算成功,我想你必能胜任,此际应该快放榜了。

附商务馆稿税收据一纸,盼得暇时到重庆南路一段卅七号商务印书馆,入门径登三楼办公室领取(扣印花千分之四)。暂存尊处可也,拜托拜托。

我想念台风威胁、湿热难当、嘈杂纷乱的台北!祝安好,缵文先生及小妹均安!

梁实秋顿首 一九七二、八、三

内人附候

秀英:

一函一简都收到了。你在远东上班了,浦先生也有信告诉我。字典的事,真做好是不容易的,非身经其事不能懂。我们凭良心做事，尽力而为。远东在人事上始终未上轨道，浦先生不时地征询及我，我总是坦白以告，事实上现在依然问题重重。

你订购了房子，很好，如果再早一点可能价钱还可以低些。爬四楼也有好处，是一种运动，于健康有益。住在平地的人不是也想做爬山运动吗？到年底付款，如不足，可以告诉我，我可以帮你一点。我的版税也许以后可以多收一些。《雅舍小品续集》如果登出广告，盼剪下寄我。《看云集》不能拿到版税，因为那出版社穷，所谓"看云"是据陶诗"霭霭停云……"怀念过去的朋友，别无他意。

两位同事坐在一桌上吃饭而不讲话，那有多窘！此事我一点也不知道。原因何在，我只能尽可能地猜，乱猜。

李方桂夫妇在西雅图我们见面两次，一次是我们请吃饭，那一天内人正好胃痛，所以愁眉苦脸的，吃不下东西，现在好多了。我们一时尚不需药，需要时当再去函麻烦你。

前些天我们到海边去玩，值落潮，我们在滩上从水里捞取海带，装满一大袋，都拿不动了，满载而归，洗净炖肉，比干海带要好吃得多，多余的冻藏起来，够吃一年的。外国人见我们捞海带，惊诧不已，告以为了食用，益为惊讶。

乐滢暑后要进小学了吧？孩子长大一些，做母亲的可以稍为轻松一点。冷气机声音大，可能不是机器毛病，而是装在窗上不够稳牢，震动太大。请试从这方面想办法，把窗口钉紧使机箱不动。此间热了两天，现在又凉了，又是冬装上身，夜拥棉被。从这冷的地方我若回到台湾，那股热劲儿真不敢想！匆上即祝

近安

梁实秋顿首 一九七三、七、廿三

内人附候

秀英：

先后两函均收到，朋友们的慰电亦收到。五月四日为内人葬日，典礼非常简单庄严，来吊者三十余人，我们家人多从院里采了她生前所最喜爱的花卉扎成花束放在她的灵前。除了奏哀乐之外，客人向遗体行礼，我答礼，然后车队送葬至此间最大墓园，看着入土之后而去。我同时买了四块土地，预备我自己和文蔷夫妇将来也埋在一起，不教她在异乡孤寂。人人皆有死，本不稀奇，唯内人死得惨些，太突然些，使我心痛！内人一生忠厚，她把一生的精力、感情、时间、全部生命都奉献给我了，我看着她突然舍我而去，幽冥永隔，我何以堪！朋友们的同情使我得到安慰。浦家麟先生闻讯立即飞来，到墓前展拜，陈之藩先生也飞来相慰，隔宿而去。我现在正办理法律手续，要拖很久才能有结果，事实上我的损失是无法补偿的。我身体还好，勉强支持，手颤心悸，睡眠困难，经医检查说是正常。此后我当更加努力工作，以慰亡妻在天之灵，如是而已。太上忘情，我还不能办到。我的心乱，请以此函顺便送在你附近的朋友们一阅，我就不另写了，谅之谅之。

居留问题已解决，五月一日收到移民局通知，嘱前往办手续，而内人未及见也，事实上她已获得长久居留矣，痛哉痛哉。我何日回台，现不能定，经此惨变，我不能不踌躇了。即祝大安
谢谢

梁实秋顿首 一九七四、五、十

缵文先生的吊慰

秀英：

五月八日函收到。英语系的同事们发起在善导寺为我亡妻做佛事，我看了信大哭一场。亡妻信佛，做佛事可能使她的魂灵得到安慰，此外我们不能做什么事了。所以我可以同意，请注意下列各点：

一、我自己不能来，因为一来正在进行诉讼，可能要我做证，二来绿卡尚未取得，短期内不便离开，一切拜托你偏劳。

二、规模要尽量小，不要太声张。念一坛经，超度她早生净土，历一小时足矣。不需布置，花圈挽联，敬求免赐，灵桌上有一两束鲜花即可。

三、费用应该由我负担，请代我付。千万千万。附上照片一帧，挽联一副，可纸裱后悬在照片两旁。用毕不必还我。今以此事相累，心极不安，无法言谢矣！

梁实秋顿首 一九七四、五、十四

秀英：

前天（六月四日）收到你五月卅一日函，今天（六月六日）收到你六月三日夜函，我放声大哭了一顿，不完全是为了亡妻逝世而伤感，是为了朋友们热心办这回事，使我感动得不能不老泪纵横了！内人地下有知，也一定感激流涕。人在这个时候才最知道朋友的可贵。你三日星期一有课，缵文先生也需要上班，整个一上午在庙里照料，这怎么可以呢？累你们请假一上午，真是不好意思。我只能在此向你们二位致最诚挚的谢意。乐津小妹妹也抽暇前去致祭，我也同样感谢她。灵堂布置，均极为得体，水果、花卉都是死者所喜爱，我心里不安的是惊动的人太多了。林挺生先生特别多礼，我的本省籍的朋友不多，他是我最早认识的，自从一九四九年起凡二十余年矣，差不多他每星期必看我一次，道义之交，言不及私。一生一死，乃见交情。他来吊祭，可感之至。

六月四日函谓陈祖文先生另有信给我并附剪报，但是我未收到陈先生信，不知何故，是否他忘了？

六月三日我凌晨即起，展开《金刚经》朗诵一遍，亦不知是诵是哭是号，历四十分钟而毕，已泪湿沾巾矣。这一个月来，我身体尚好，没有病，只是精神还是很脆弱，禁不得一点感触。一伤感，手便发抖。睡眠亦稍好，可睡五小时，逾此则不能安眠。

文墨轩的老板不肯收费，真是古道热肠，以后得便时代我申谢，我不另函了。张芳杰、陈祖文、吴奚真三位先生处我另函谢。附上的几封信，乞代分送。

梁实秋 一九七四、六、六

写给黄天白先生的信

文甫先生乞转

白先生：

读八月十八日先生的读后感，是我把拜伦的姐误为妹，实因我疏于查考，致有此误。以后有机会当为改正。英文的 sister 可姐可妹，犹 uncle 之可叔可伯可舅，此外如 brother，aunt，niece，nephew 等均然。我常为此困惑。谨此道谢，并祈不吝指教。

弟梁实秋顿首 一九七五、八、十八

写给罗青先生的信

罗青先生：

来书拜悉。壮游世界，真可羡慕。弟亦有此想，但力不从心矣。我所以未至英国一游，亦以此故。不过Arthur Waley终身研究中国文字，未曾一履中土，思之亦复何憾？现已决定十一月上旬返台北，住处已托友人代订，承关注，至感至感。弟生活枯寂返回台北稍换环境。届时当再图良晤也，匆此即颂

大安

弟梁实秋顿首 一九七四、九、廿八

罗青戏作嵌字打油诗一首录呈以博一笑

芳草粘天碧

华筵开雀屏

罗裳鸾凤侣

日暖春常青

旅游归来得佳作否

梁实秋顿首 一九七六、一、七

罗青先生：

谢谢你给我的《水稻之歌》。要一首首地慢慢咀嚼，诗不能大口地吞。你的诗有独创性，又豪爽，又细腻，我甚钦服。《生日歌》尤获我心。我参加任何生日派对，从不开口和唱那不伦不类的英文歌，我认为那是堕落。中国人为什么要唱英文歌？为什么要吃蛋糕？为什么糕上插蜡烛？

梁实秋 一九八三、七、十七

我已搬家

写给林芝女士的信

林芝女士：

大函奉悉。承问有关我的几篇文章的背景及写作动机，谨简答如下：

一、《记张自忠将军》一文，写于张将军忠骸葬于四川歇马场梅花山之后不久。我与张将军只有一面之雅，但是我在抗战时于一个多月之间拜访了七个集团军总司令，其中给我印象最深的是他。他朴素、诚实、勇敢，在将领中不可多得。他的灵柩由重庆沿嘉陵江运到北碚，由北碚再循公路到歇马场与长生桥之间的梅花山安葬。梅花山并无梅花（也许以后补植了），并且只是一个小土岗。我曾数度由北碚步行到那里去凭吊。像张将军一生的行为，应该愧煞那些骄奢放肆的文武官员。所以我写了那篇文章。

二、《鸟》是我在四川写的。写的动机很简单，因为我爱鸟。我爱鸟的娇小玲珑的身躯，我爱鸟的自由跳踉的姿态，我爱鸟的婉转清脆的声音。但是我不是提笼架鸟的人。我只是在心里虔诚地深深地爱着。我不能不敬服造物者的灵思妙手，竟创作出这样美的生物来点缀人间！

三、《论散文》只是一些粗浅的见解。不过我一直认为散文应该干净利落，少说废话，少用赘词。我们常看到的散文，其实不是散文，只是说话的记录，而且是啰唆冗杂的谈话的记录。散则有之，文则未也。

此外您提出的问题，如少年时代生活以及所谓好书等，则一时难以尽述，尚乞见谅。

梁实秋 一九八一、十一、廿九

林芝小姐：

接到你二月廿四的信。我很高兴，同时我也不愿多写我自己，感于你的诚意，略供一点材料，请你斟酌编写吧。

一、在学校得到一位好教师，因此我喜欢"作文"一课。他教我笔下要"割爱"，要简洁。我每次作文都用心写，老师也用心勾改，获益不浅。在清华毕业那年，主编《清华周刊》，大事写作练习。从此进入写作一途，开始向报纸投稿。我父亲要我每年暑假补习国文作文，请陈大蹬先生批改作文，对文言文及旧诗，稍窥门径。到美国念书三年，每周写家信，规定用文言、毛笔写。但是我还是文白相间。从此对于写作不视为畏途而引以为乐。

二、少年时代读书经验，起初是缺乏纪律，随兴之所至随意阅览，以后渐知其非，努力自修。国学无根底，但是我肯恶补，真正用功读书是在三十岁后。

三、我没有什么鲜为人知的少年事。我素体弱，又不肯用心体育，清华毕业考包括体育，其中100码我跑了二十多秒，400码跑了一百多秒，掷铅球我偷换了一个较小的球，游泳几乎淹死，赖友人用竹竿把我救起，于是游泳要补考，结果连泳带爬，喝了不少水，勉强通过，比别人迟毕业一个多月。现在才知道体育的重要。有一次几乎被学校开除，因为我在周刊上鼓吹男女同校，言论过激，赖同学抗议声援始得幸免，此亦一趣事也。

关于我的资料，可参考《我在小学》（刊《传记文学》某期）《秋室杂忆》《白猫王子》《秋室杂文》等。

匆匆即祝

大安

梁实秋拜上 一九八三、二、廿七

写给江新华先生的信

A cat is a lion in a jungle of small bushes. 猫是小丛林中的狮。
One needs to watch the cat at work to see the tiger in the hearth.
看猫施展功夫，犹如在家观虎斗。
A cat at its best is a young girl; a young girl at her best is a cat.
猫儿可爱至极点就是少女，少女可爱到极点就是猫儿。
译如上。但不可在"天窗"发表，因此例不可开，乞谅。
此上
江新华先生
梁实秋 一九八五、一、廿一

写给夏菁先生的信

夏菁吾兄：

前得惠书，久未复，为歉。夏令已至，科罗拉多避暑胜地，令人艳羡之至！此间溽暑难当也。

王敬羲来，小住旬日，已返回香港，不久即飞美，与聂华苓同一学校。敬羲五年不见，真当刮目相待，较前成熟甚多，张牙舞爪之态，免去不少。与李敖一见如故，英雄相见恨晚。光中今年不回，其夫人拟下月赴美。《文星》按期看到否？此间空气沉闷，在文艺方面亦奄奄无生气。光中为一健者，私心颇盼他能回来。

我主办的英美文学丛书，年底前可出十二种，已有两种在排印中，一为《哈姆雷特》，一为《哈代诗选》。《培根散文集》亦将付印。以后如能继续，盼兄亦参加工作。如 Frost 之类的诗选，即甚需要。盼早做准备，收集资料。

今年暑假特长，十一月三日方上课。我译莎氏稿又已完成五本，如无意外，全集或可译完。友人谓我如译不完便死不了，如想一死了事，天下无此便宜事！思之可发一笑。匆此即请

大安

弟梁实秋顿首 一九六五、七、十九

夏菁吾兄：

得来书，喜甚，我一直很想念你。"相见亦无事，不来忽忆君"，我确有此感。大作《山》已收到，而且我写了一个短评，附上一阅。我写的《英国文学史》五年前卖给了大同公司，没想到主事者拖了五年，尚在校阅中，我并不急于问世，但是颇为沮丧。年渐老，《中国文学史》写不动了。鲍照诗"意气敷腴在盛年"，洵不诬也。年来只写了若干短篇遣兴文字，不足道也。

老兄退休，以回到台湾为最得计，盼加考虑。回首前尘，不胜感慨，何日归来，重与论文？匆上即颂

双安

弟梁实秋顿首 乙丑元旦 一九八五、二、廿写

写给蔡文甫先生的信

文甫先生：

《杂感》一文刊出，谢谢。内有"反唇相稽"一语，我记得我没写错，但是印出来成了"反唇相讥"。是我写错了吗？乞代一查。

梁实秋顿首 一九八四、三、五

文甫先生：

张放先生书题已写好寄去。

童话译了一半，我想还是放弃为宜，你的好意我心领了。陈清玉女士的译本很不错，适合儿童阅读。我疲倦了，让我休息一阵。

梁实秋拜上 一九八六、五、十三

梁先生译了一半的童话，是 E.B.White 著之 *Charlotte's Web*，经禀明已由陈清玉译成《神猪妙纲》，编列《九歌儿童书房》第二集；但译文因译法和功力不同，建议另行发表及出版；但梁先生看了陈清玉译本认为很不错，最后仍放弃未译，致译了一半的童话，未能和读者见面，殊为可惜！

——文甫附志

文甫先生：

那天颁奖典礼，我是力疾赴会的，因为糖尿病发，而且这一次较重，外表看不出来，几度几乎晕倒。近日服药，病状稍可。

胡有瑞文，写得极好，放在后面做附录，体例不合，且有自夸意味，以不采用为宜。胡文二十余页，我拟另写一序，尽量写长，也许有几千字。书薄一点无妨。《老子》不过五千言，一笑！书排好乞即连原文一并寄下，以便着手写序。

弟梁实秋顿首 一九八六、十、九

文甫先生：

我正在赶写一篇《抗战时的我》，勉强应命，很苦。

老牛奶已挤干，勉强挤，挤出来的奶，质量均差，而且痛。理宜放诸牧场休息也。然乎否耶？

梁实秋顿首 一九八七、六、十一

写给梁锡华先生的信

锡华先生：

惠函收悉。此次台北快晤，足慰生平。二十三日晚台湾报纸派人送来访问记录，当即予以校阅，改正若干错误，不意翌晨即已见报，并未来取弟之校阅稿。《联合报》迄今未予披露。双方对弟均无任何交代。先生所谓"君子协定"只有协定，不见君子，亦怪事也。何日再来，弟企望之。天热如焚，唯珍重不宣。

弟梁实秋顿首 一九七〇、八、二

锡华先生：

大函并件收到，谢谢。《有余篇》甚有情致，谈言微中四字庶足以当之。杯勺余沥，往往胜似大馔，拜服之至。

批评有如明镜，可鉴得失，唯普罗一派之哓哓不休，则有如或凹或凸之"哈哈镜"，视之可发一笑而已。春来有意来台一游否，甚企望之。

弟梁实秋 拜上一九八二、三、卅一

锡华老弟：

廿一日函悉。Spenser 没有中译，他的巨著 *The Faerie Queene*，无法译，每节九行，前八行五音步，后一行六音步韵三换，我曾试译，知难而退。岛内研究 Spenser 的学者亦绝无其人。记得张心沧先生的爱丁堡大学博士论文好像是《Spenser 与〈镜花缘〉之比较研究》。此外我就毫无所知了。

旧历年欢迎你来。高信疆即将赴美进修两年，副刊改由余纪忠之女公子继任编辑，事出突然，不知其中详情。匆上即请

大安

梁实秋顿首 一九八三、一、廿七

此处破损，系猫所咬。

锡华：

Spenser 在中国没有文献可述，既无翻译，亦无评述，因为文字的内容与形式都不容易被中国读者欣赏。我编的《英国文学史》，稿于三年前完成，至今未能出版，遗憾之至，现稿不在手边，我也不大记得我在稿中有关 Spenser 一段是怎样写的了。我对 Spenser 也无好感。不过 Spenser 却有 poets' poet 之美名，可惜他的主要作品，用寓言式神话题材，不合现代人口味，诗体又繁复，不可能译为中文。来书索资料，对不起，只好交白卷，乞谅！

梁实秋顿首 一九八三、二、六

请注意：Spenser 非 Spencer。

锡华仁弟：

惠书拜悉。

我的一个学生带回一本他们出版的《雅舍怀旧》。简字横排，封面不雅。听说还有一本《雅舍小品选》，见广告尚未见其书。

久未晤，秋凉何不来台一游？

梁实秋拜上 一九八七、九、一八

写给沈苇窗先生的信

苇窗吾兄：

得七月三十日大函及《大成》三册，知八月初大驾不来台矣。拙文中提起之陈敦恪，非陈登恪也。登恪为我熟识，敦恪则海上偶遇。孙元良将军所寄之朱元璋像，我曾藏起，但忘所藏之处，今遍索不得。此亦年老昏聩之一端欤？

此间暴热，如火烤，苦也苦也！

弟实秋拜上 八月三日

昨天才收到这张朱元璋像，是不相识之读者寄来的，惜未说明来源，不知还赶得上用否？

此上

苇窗先生

梁实秋 一九八七、八、十八

写给小民女士的信

小民：

那天送我回家，累得你们二位没吃茶点，甚是抱歉。承告小时候的歌词，至感。唯《黄种应享黄海权》那首歌是我在十岁时唱过的，远在九一八事变之前，如果是日本人作的，也远在伪满洲国之前。我的记忆究竟是不行了，歌词只能记得那么一点点。天冷，珍重。

梁实秋顿首 一九八六、十二、五

小民：

示悉。说来惭愧，我没进过当铺。所谓"有板无毛"一语，我仅在相声中听到过，好像还有"虫吃鼠咬"四字紧接于后。"金鸡未叫汤先热，红日东升客满堂"的澡堂也没去过，只去过前门外观音寺街"西升平"高级浴室两次。所以我是孤陋寡闻的一个北京人，文蔷已发表了四篇文字，前两篇用笔名，阴年腊八，她将来台，届时当嘱趋前一晤。秋凉了，快甚！

梁实秋 一九八七、十、廿三

辑四　闲话漫谈

学问与趣味

前辈的学者常以学问的趣味启迪后生,因为他们自己实在是得到了学问的趣味,故不惜现身说法,诱导后学,使他们在愉快的心情之下走进学问的大门。例如,梁任公先生就说过:"我是个主张趣味主义的人,倘若用化学化分'梁启超'这件东西,把里头所含一种元素名叫'趣味'的抽出来,只怕所剩下的仅有个零了。"任公先生注重趣味,学问甚是渊博,而并不存有任何外在的动机,只是"无所为而为",故能有他那样的成就。一个人在学问上果能感觉到趣味,有时真会像是着了魔一般,真能废寝忘食,真能不知老之将至,苦苦钻研,锲而不舍,在学问上焉能不有收获?不过我尝想,以任公先生而论,他后期的著述如《历史研究法》《先秦政治思想史》,以及有关墨子、佛学、陶渊明的作品,都可说是他的一点"趣味"在驱使着他;可是他在年轻的时候,从师受业,诵读典籍,那时节也全然是趣味么?作八股文,做试帖诗,莫非也是趣味么?我想未必。大概趣味云云,是指年长之后自动做学问之时而言,在年轻时候为学问打根底之际,恐怕不能过分重视趣味。学问没有根底,趣味也很难滋生。任公先生的学问之所以那样的博大精深,涉笔成趣,左右逢源,不能不说一大部分得力于他的学问根底之打得坚固。

我曾见许多年轻的朋友，聪明用功，成绩优异，而语文程度不足以达意，甚至写一封信亦难得通顺，问其故，则曰其兴趣不在语文方面。又有一些位，执笔为文，斐然可诵，而视数理科目如仇雠，勉强才能及格，问其故，则亦曰其兴趣不在数理方面，而且他们觉得某些科目没有趣味，便撇在一旁视如敝屣，怡然自得，振振有词，面无愧色，好像这就是发扬趣味主义。殊不知天下没有没有趣味的学问，端视吾人如何发掘其趣味。如果在良师指导之下按部就班地循序而进，一步一步地发现新天地，当然乐在其中；如果浅尝辄止，甚至躐等躁进，当然味同嚼蜡，自讨没趣。一个有中上天资的人，对于普通的基本的文理科目，都同样的有学习的能力，绝不会本能地长于此而拙于彼。只有懒惰与任性，才能使一个人自甘暴弃地在"趣味"的掩护之下败退。

自小学到中学，所修习的无非是一些普通的基本知识。就是大学四年，所授课业也还是相当粗浅的学识。世人常称大学为"最高学府"，这名称易滋误解，好像过此以上即无学问可言。大学的研究所才是初步研究学问的所在，在这里做学问也只能算是粗涉藩篱，注重的是研究学问的方法与实习。学无止境，一生的时间都嫌太短，所以古人皓首穷经，头发白了还是在继续研究，不过在这样的研究中确是有浓厚的趣味。

在初学的阶段，由小学到大学，我们与其倡言趣味，不如偏重纪律。一个合理编列的课程表，犹如一个营养均衡的食谱，里面各个项目都是有益而必需的，不可偏废，不可再有选择。所谓选修科目也只是在某一范围内略有拣选余地而已。一个受过良好教育的人，犹如一个科班出身的戏剧演员，在作科的时候他是要服从严格纪律的，唱功、做工、武把子都要认真学习，各种角色的戏要完全谙通，学成之后才能各按其趣味而单独发展其所长。学问要有根底，根底要打得平正坚实，以后永远受用。初学阶段的科目之最重要的莫过于语文与数学。语文是阅读达意的工具，国文不通便很难表达自己，外国文不通便很难吸取外来的新知。数学是思想条理之最好的训练。其他科目也是各有各的用处，其重要性很难强分轩轾，例如体育，从另一方面看也是重要得无以复加。总之，我们在求学时代，应该暂且把趣味放在一边，耐着性子接受教育的纪律，把自己锻炼成为坚实的材料。学问的趣味，留在将来慢慢享受一点也不迟。

好书谈

从前有一个朋友说,世界上的好书,他已经读尽,似乎再没有什么好书可看了。当时许多别的朋友不以为然,而较长一些的朋友就更以为狂妄。现在想想,却也有些道理。

世界上的好书本来不多,除非爱书成癖的人(那就像抽鸦片抽上瘾一样的),真正心悦诚服地手不释卷,实在有些稀奇。还有一件最令人气短的事,就是许多最伟大的作家往往没有什么凭借,但却做了后来二三流的人的精神上的财源了。柏拉图、孔子、屈原,他们一点一滴,都是人类的至宝,可是要问他们从谁学来的,或者读什么人的书而成就如此,恐怕就是最善于说谎的考据家也束手无策。这事有点儿怪!难道真正伟大的作家,读书不读书没有什么关系么?读好书或读坏书也没有什么影响吗?

叔本华曾经说好读书的人就好像惯于坐车的人,久而久之,就不能在思想上迈步了。这真唤醒人的迷梦不小!小说家瓦塞曼竟又说过这样的话,认为倘若为了要鼓起创作的勇气,只有读二流的作品。因为在读二流的作品的时候,他可以觉得只要自己一动手就准强。倘读第一流的作品却往往叫人减却了下笔的胆量。这话也不能说没有部分的真理。

也许世界上天生有种人是作家，有种人是读者。这就像天生有种人是演员，有种人是观众；有种人是名厨，有种人却是所谓"老饕"。演员是不是十分热心看别人的戏，名厨是不是爱尝别人的菜，我也许不能十分确切地肯定，但我见过一些作家，却确乎不大爱看别人的作品。如果是同时代的人，更如果是和自己的名气不相上下的人，大概尤其不愿意寓目。我见过一个名小说家，他的桌上空空如也，架上仅有的几本书是他自己的新著，以及自己所编过的期刊。我也曾见过一个名诗人（新诗人），他的唯一读物是《唐诗三百首》，而且在他也尽有多余之感了。这也不一定只是由于高傲，如果分析起来，也许是比高傲还复杂的一种心理。照我想，也许是真像厨子（哪怕是名厨），天天看见油锅油勺，就腻了。除非自己逼不得已而下厨房，大概再不愿意去接触这些家伙，甚而不愿意见一些使他可以联想到这些家伙的物事。职业的辛酸，也有时是外人不晓得的。唐代的阎立本不是不愿意自己的儿子再做画师吗？以教书为生活的人，也往往看见别人在声嘶力竭地讲授，就会想到自己，于是觉得"惨不忍闻"。做文章更是一桩呕心血的事，成功失败都要有一番产痛，大概因此之故不忍读他人的作品了。

　　撇开这些不说，站在一个纯粹读者的角度而论，却委实有好书不多的实感。分量多的书，糟粕也就多。读读杜甫的选集十分快意，虽然有些佳作也许漏过了选者的眼光。读全集怎么样？叫人头痛的作品依然不少。据说有把全集背诵一字不遗的人，我想这种人不是缺乏美感，就只是为了训练记忆。顶讨厌的集子更无过于陆放翁，分量那么大。而佳作却真寥若晨星。反过来，《古诗十九首》、郭璞《游仙诗》十四首却不能不叫人公认为人类的珍珠宝石。钱锺书的小说里曾说到一个产量大的作家,在房屋恐慌中,忽然得到一个新居,满心高兴,谁知一打听,才知道是由于自己的著作汗牛充栋的结果,把自己原来的房子压塌,而一直落在地狱里了。这话诚然有点刻薄,但也许对于像陆放翁那样不知趣的笨伯有一点点儿益处。

  古今来的好书,假若让我挑选,我举不出十部。而且因为年龄、环境的不同,也不免随时有些更易。单就目前论,我想是《柏拉图对话录》《论语》《史记》《世说新语》《水浒传》《庄子》《韩非子》,如此而已。其他的书名,我就有些踌躇了。或者有人问,你自己的著作可以不可以列上?我很悲哀,我只有毫不踌躇地放弃附骥之想了。一个人有勇气(无论是糊涂或欺骗)是可爱的,可惜我不能像上海某名画家,出了一套世界名画选集,却只有第一本,那就是他自己的"杰作"!

利用零碎时间

我常常听人说，他想读一点书，苦于没有时间。我不太同情这种说法。不管他是多么忙，他总不至于忙得一点时间都抽不出来。一天当中如果抽出一小时来读书，一年就有三百六十五小时，十年就有三千六百五十小时，积少成多，无论研究什么都会有惊人的成就。零碎的时间最可宝贵，但是也最容易丢弃。我记得陆放翁有两句诗："呼僮不应自升火，待饭未来还读书。"这两句诗给我的印象很深。待饭未来的时候是颇难熬的，用以读书岂不甚妙？我们的时间往往于不知不觉中被荒废掉，例如现在距开会还有五十分钟，于是什么事都不做了，磨磨蹭蹭，五十分钟便打发掉了。如果用这时间读几页书，岂不较为受用？至于在"度周末"的美名下把时间大量消耗的人，那就更不必论了。他是在"杀时间"，实在也是在杀他自己。

一个人在学校读书的时间是最可羡慕的一段时间，因为他没有生活的负担，时间完全是他自己的。但是很少人充分地把握住这个机会，多多少少地把时间浪费掉了。学校的教育应该是启发学生好奇求知的心理，鼓励他自动地往图书馆里去钻研。假如一个人在学校读书，从来没有翻过图书馆的书目卡片，没有借过书，无论他的功课成绩多么好，我想他将来多半不能有什么成就。

英国的一个政治家兼作者Willam Cobbett（一七六二至一八三五年）写过一本书《对青年人的劝告》，其中有一段"利用零碎时间"。我觉得很感动人，译抄如下：

文法的学习并不需要减少办事的时间，也不需要占去必须的运动时间。平常在茶馆、咖啡馆用掉的时间以及附带着闲谈所用掉的时间——一年中所浪费掉的时间——如果用在文法的学习上，便会使你在余生中成为一个精确的说话者、写作者。你们不需要进学校，用不着课室，无须费用，没有任何麻烦的情形。我学习文法是在每日赚六便士当兵卒的时候，床的边沿或岗哨铺位的边沿就是我研习的座位，我的背包便是我的书架子，一小块木板放在腿上便是我的写字台，而这工作并未用掉一整年的工夫。我没钱去买蜡烛油；在冬天，除了火光以外我很难得在夜晚有任何光，而那也只好等到我轮值时才有。

如果我在这种情形之下，既无父母又无朋友给我以帮助与鼓励，居然能完成这工作，那么任何年轻人，无论多穷苦，无论多忙，无论多缺乏房间或方便，还有什么可借口的呢？为了买一支笔或一张纸，我被迫放弃一部分粮食，虽然是在半饥饿的状态中。在时间上没有一刻钟可以说是属于自己的，我必须在十来个最放肆而又随便的人们之高谈阔论、歌唱嬉笑、吹哨吵闹当中阅读写作，而且是在他们毫无顾忌的时间里。莫要轻视我偶尔花掉的买纸、笔、墨水的那几文钱。那几文钱对于我可是一笔大款！除了为我们上市购买食物所费之外，我们每人每星期所得不过是两便士。我再说一遍，如果我能在此种情形下完成这项工作，世界上可能有一个青年能找到借口说办不到吗？哪一位青年读了我这篇文字，若是还能说没有时间、没有机会研习这学问中最重要的一项，他能不羞惭吗？

以我而论，我可以老实讲，我之所以成功，得力于严格遵守我在此讲给你们听的教条者，过于我的天赋的能力；因为天赋能力，无论多少，比较起来用处较少，纵然以严肃和克己来相辅，如果我在早年没有养成那爱惜光阴之良好习惯。我在军队获得非常的擢升，有赖于此者胜过其他任何事物。我是"永远有备"：如果我在十点要站岗，我在九点就准备好了。从来没有任何人或任何事在等候我片刻时光。年过二十岁，从上等兵立刻升到军士长，越过了三十名中士，应该成为大家嫉恨的对象；但是这早起的习惯以及严格遵守我讲给你们听的教条，确曾消灭了那些嫉恨的情绪，因为每个人都觉得我所做的乃是他们所没有做的而且是他们所永不会做的。

Cobbett这个人是工人之子，出身寒苦，早年在美洲从军，但是他终于因苦读、自修而成功。他写了不少的书，其中有一部是《英文文法》。这是一个很感动的人的例子。

作文的三个阶段

我们初学为文,一看题目,便觉一片空虚,搔首踟蹰,不知如何落笔。无论是以"人生于世……"来开始,或以"时代的巨轮……"来开始,都感觉得文思枯涩难以为继,即或搜索枯肠,敷衍成篇,自己也觉得内容贫乏索然寡味。胡适之先生告诉过我们:"有什么话,说什么话;话怎么说,就怎么说。"我们心中不免暗忖:本来无话可说,要我说些什么?有人认为这是腹笥太俭之过,疗治之方是多读书。"读万卷书,行万里路",固然可以充实学问增广见闻,主要的还是有赖于思想的启发,否则纵然腹笥便便,搜章摘句,也不过是饾饤之学,不见得就能作到"文如春华,思若涌泉"的地步。想象不充,联想不快,分析不精,辞藻不富,这是造成文思不畅的主要原因。

渡过枯涩的阶段,便又是一种境界。提起笔来,有个我在,"纵横自有凌云笔,俯仰随人亦可怜。"对于什么都有意见,而且触类旁通,波澜壮阔,有时一事未竟而枝节横生,有时逸出题外而莫知所届,有时旁征博引而轻重倒置,有时作翻案文章,有时竟至"骂题",洋洋洒洒,拉拉杂杂,往好听里说是班固所谓的"下笔不能自休"。也许有人喜欢这种"长江大河一泻千里"式的文章，觉得里面有一股豪放恣肆的气魄。不过就作文的艺术而论，似乎尚大有改进的余地。

作文知道割爱，才是进入第三个阶段的征象。须知敝帚究竟不值珍视。不成熟的思想，不稳妥的意见，不切题的材料，不扼要的描写，不恰当的词字，统统要大刀阔斧地加以削删。芟除枝蔓之后，才能显着整洁而有精神，清楚而有姿态，简单而有力量。所谓"绚烂之极趋于平淡"，就是这种境界。

文章的好坏，与长短无关。文章要讲究气势的宽阔、意思的深入，长短并无关系。长短要求其适度，性质需要长篇大论者不宜过于简略；性质需要简单明了者不宜过于累赘，如是而已。所以文章之过长过短，不以字数计，应以其内容之需要为准。常听见人说，近代人的生活忙碌，时间特别宝贵，对于文学作品都喜欢短篇小说、独幕剧之类，也许有人是这样的。不过我们都知道，长篇小说还是有更多的人看的；多幕剧也有更多的观众。人很少忙得不能欣赏长篇作品，倒是冗长无谓的文字，哪怕只是一两页，恹恹无生气，也令人难以卒读。

文章的好坏与写作的快慢无关。顷刻之间成数千言，未必斐然可诵，吟得一个字拈断数根须，亦未必字字珠玑。我们欣赏的是成品，不是过程。袁虎倚马草露布，"手不辍笔，俄得七纸"，固然资为美谈，究非常人轨范。文不加点的人，也许是早有腹稿。我们为文还是应该刻意求工，千锤百炼，虽不必"掷地作金石声"，总要尽力洗除一切肤泛猥杂的毛病。

文章的好坏与年龄无关。姜愈老愈辣，但"辣手作文章"的人并不一定即是耆耄。头脑的成熟，艺术的造诣，与年龄时常不成正比。不过就一个人的发展过程而言，总要经过上面所说的三个阶段。

听戏

听戏，不是看戏。从前在北平，大家都说听戏，不大说看戏。这一字之差，关系甚大。我们的旧戏究竟是以歌唱为主，所谓载歌载舞，那舞实在是比较的没有什么可看的。我从小就喜欢听戏，常看见有人坐在戏园子的边厢下面，靠着柱子，闭着眼睛，凝神危坐，微微地摇晃着脑袋，手在轻轻地敲着板眼，聚精会神地欣赏那台上的歌唱。遇到一声韵味十足的唱，便像是搔着了痒处一般，从丹田里吼出一声"好！"若是发现唱出了错，便毫不容情地来一声倒好。这是真正的听众，是他来维系戏剧的水准于不坠。当然，他的眼睛也不是老闭着，有时也要睁开的。

生长在北平的人几乎没有不爱听戏的。我自然亦非例外。我起初是很怕戏园子的，里面人太多太挤，座位太不舒服。记得清清楚楚，文明茶园是我常去的地方，全是窄窄的条凳、窄窄的条桌，而并不面对舞台，要看台上的动作便要扭转脖子扭转腰。尤其是在夏天，大家都打赤膊，而我从小就没有光脊梁的习惯，觉得大庭广众之中赤身露体怪难为情，而你一经落座就有热心招待的茶房前来接衣服，给一个半劈的木牌子。这时节，你环顾四周，全是一扇一扇的肉屏风，不由你不随着大家而肉袒。前后左右都是肉，白皙皙的、黄澄澄的、黑黝黝的，置身其间如入肉林（那时候戏园里的客人全是男性，没有女性）。这虽颇富肉感，伹决不能给人以愉快。戏一演便是四五个钟头，中间如果想要如厕，需要在肉林中挤出一条出路，挤出之后那条路便翕然而阖，回来时需要重新另挤出一条进路。所以常视如厕如畏途，其实不是畏途，只有畏，没有途。

对戏园的环境并无须作太多的抱怨。任何样的环境，在当时当地，必有其存在的理由。戏园本称茶园，原是喝茶聊天的地方，台上的戏原是附带着的娱乐节目。乱哄哄地高谈阔论是未可厚非的。那原是三教九流呼朋唤友消遣娱乐之所在。孩子们到了戏园可以足吃，花生、瓜子不必论，冰糖葫芦、酸梅汤、油糕、奶酪、豌豆黄……应有尽有。成年人的嘴也不闲着，条桌上摆着干鲜水果、蒸食点心之类。卖吃食的小贩大声吆喝，穿梭似的挤来挤去，又受欢迎又讨厌。打热毛巾把的茶房从一个角落把一卷手巾掷到另一角落，我还没有看见过失手打了人家的头。特别爱好戏的一位朋友曾经表示，这是戏外之戏，那洒了花露水的手巾尽管是传染病的最有效的媒介，也还是不可或缺。

在这样的环境里听戏，岂不太苦？苦自管苦，却也乐在其中。放肆是我们中国固有的品德之一。在戏园里人人可以自由行动，吃，喝，谈话，吼叫，吸烟，吐痰，小儿哭啼，打喷嚏，打呵欠，揩脸，打赤膊，小规模的拌嘴、吵架、争座位，一概没有人干涉。在哪里可以找到这样安全的放肆的机会？看外国戏院观众之穿起大礼服肃静无哗，那简直是活受罪！我小时候进戏园，深感那是另一个世界，对于戏当然听不懂，只能欣赏丑戏武戏，打出手，递家伙，尤觉有趣。记得我最喜欢的是九阵风的戏如

《百草山》《泗州城》之类，于是我也买了刀枪之类在家里和我哥哥大打出手，有一两招也居然练得不错。从三四张桌子上硬往下摔壳子的把戏，倒是没敢尝试。有一次模拟打棍出箱，范仲禹把鞋一甩落在头上的情景，我哥哥一时不慎，把一只大毛窝斜刺里踢在上房的玻璃上，哗啦一声，除了招致家里应有的责罚之外，还惊醒了我的萌芽中的戏瘾戏迷。后来年纪稍长，又复常常涉足戏园，正赶上一批优秀的演员在台上献技，如陈德琳、刘鸿升、龚云甫、德珺如、裘桂仙、梅兰芳、杨小楼、王长林、王凤卿、王瑶卿、余叔岩等等，我渐渐能欣赏唱戏的韵味了，觉得在那乱糟糟的环境之中熬上几个小时还是值得一付的代价，只要能听到一两段韵味十足的歌唱，便觉得那抑扬顿挫使人如醉如迷，使全身血液的流行都为之舒畅匀称。研究西洋音乐的朋友也许要说这是低级趣味。我没有话可以抗辩，我只能承认这就是我们人民的趣味，而且大家都很安于这种趣味。这样乱糟糟的环境，必须有相当良好的表演艺术才能控制住听众的注意力。前几出戏都照例的是无足观，等到好戏上场，名角一露面，场里立刻鸦雀无声，不知趣的"酩来酷"声会被嘘的。受半天罪，能听到一段回肠荡气的唱儿，就很值得。"余音绕梁，三日不绝"，确是真有那种感觉。

后来，不知怎么，老伶工一个个地凋谢了，换上来的是一批较年轻的角色，这时候有人喊要改良戏剧，好像艺术是可以改良似的。我只知道一种艺术形式过了若干年便老了，衰了，死了，另外滋生一个新芽，却没料到一种艺术于成熟衰老之后还可以改良。首先改良的是开放女禁，这并没有可反对的，可是一有女客之后，戏里面的涉有猥亵的地方便大大删除了，在某种配义上有人认为这好像是个损失。台面改变了，由凸出的三面的立体式的台变成了画框式的台了，新剧本出现了，新腔也编出来了，新的服装道具一齐来了。有一次看尚小云演《天河配》，这位高头大马的演员穿着紧贴身的粉红色的内衣裤作裸体沐浴状，观众乐得直拍手，我说："完了，完了，观众也变了！"有什么样的观众就有什么样的戏。听戏的少了，看热闹的多了。

　　我很早就离开北平，与戏也就疏远了，但小时候还听过好戏，一提起老生心里就泛起余叔岩的影子，武生是杨小楼，老旦是龚云甫，青衣是王瑶卿、梅兰芳，小生是德珺如，刀马旦是九阵风，丑是王长林……有这种标准横亘在心里，便容易兴起"除却巫山不是云"之感。我常想，我们中国的戏剧就像毛笔字一样，提倡者自提倡，大势所趋，怕很难挽回昔日的光荣。时势异也！

徐志摩的诗与文

今天是徐志摩逝世五十年纪念日。五十年说长不长,说短不短。不过人生不满百,能有几个五十年?

常听人说,文学作品要经过时间淘汰,才能显露其真正的价值。有不少作品,轰动一时,为大众所爱读,但是不久之后环境变了,不复能再激起读者的兴趣,畅销书就可能变成廉价的剩余货,甚至从人的记忆里完全消逝。有些作品却能历久弥新,长期被人欣赏。时间何以能有这样大的力量?其主要关键在于作品是否具有描述人性的内涵。人性是普遍的、永久的,不因时代环境之变迁而改变。所以各个时代的有深度的优秀作品永远有知音欣赏。其次是作品而有高度的技巧、优美的文字,也是使作品不朽的一个条件。通常是以五十年为考验的时期,作品而能通过这个考验的大概是可以相当长久地存在下去了。这考验是严酷无情的,非政治力量所能操纵,亦非批评家所能左右,更非商业宣传所能哄抬,完全靠作品的实质价值而决定其是否能长久存在的命运。

志摩逝世了五十年,他的作品通过了这一项考验。

梁锡华先生比我说得更坚定,他说:"徐志摩在新文学史占一席位是无可置疑的，而新文学史是晚清之后中国文学史之继续，也是不容否认的，虽然慷慨悲歌的遗老遗少至今仍吞不下这颗药丸，但是他们的子孙还得要吞，也许会嚼而甘之也未可料。"文学史是绵连不断的，只有特殊的社会变动或暴力政治集团可能扼杀文学生命于一时，但不久仍然会复苏。白话文运动是自然的合理的一项发展，没有人能否定。不过，在文学史上占一席位固然不易，其文学作品的本身价值实乃另一问题。据我看，徐志摩不仅在新文学史上占一席位，其作品经过五十年的淘汰考验，也成了不可否认的传世之作。

请先从新诗说起。胡适之先生的《尝试集》是新诗的开山之作，但是如今很少人读了。因为这部作品的存在价值在于为一种文学主张做实验，而不是在于其本身的文学成就。《尝试集》是旧诗新诗之间发展过程中的一大里程碑。胡先生不是诗人，他的理性强过于他的感性，他的长于分析的头脑不容许他长久停留于直觉的情感的境界中。他偶有小诗，也颇清新可喜，但是明白清楚有余，沉郁顿挫不足。徐志摩则不然，虽然他自承"我查过我的家谱，从永乐以来，我们家里没有写过一行可供传诵的诗句"，表示他们家是"商贾之家，没有读书人"，但是他是诗人。毁他的人说他是纨绔子，说他飞扬浮躁，但是认识他的人都知道他是一个非常敏感而且多情的人，有他的四部诗集为证。

志摩有一首《再别康桥》脍炙人口。开头一节是：

轻轻的我走了，
正如我轻轻的来；
我轻轻的招手，

作别西天的云彩。

最后一节是：

悄悄的我走了，
正如我悄悄的来；
我挥一挥衣袖，
不带走一片云彩。

这一首诗至今有很多读者不断地吟哦，欣赏那带着哀伤的一往情深的心声。初期的新诗有这样成就的不可多得。还有一首《偶然》也是为大家所传诵的：

我是天空里的一片云，
偶尔投影在你的波心——
你不必讶异，
更无须欢喜——
在转瞬间消灭了踪影。
你我相逢在黑夜的海上，
你有你的，我有我的，方向；
你记得也好，
最好你忘掉在这交会时互放的光亮！

我也不知为什么，我最爱读的是他那一首《这年头活着不易》。志摩的诗一方面受胡适之先生的影响，力求以白话为诗，像《谁知道》一首就很像胡先生写的《人力车夫》，但是志摩的诗比胡先生的诗较富诗意，在技巧方面也进步得多。在另一方面他受近代英文诗的影响也很大，诗集中有一部分根本就是英诗中译。最近三十年来，新诗作家辈出，一般而论其成绩超越了前期的作者，这是无容置疑的事。不过诗就是诗，好诗就是好诗，不一定后来居上，也不一定继起无人。

讲到散文，志摩也是能手。自古以来，有人能诗不能文，也有人能文不能诗。志摩是诗文并佳，我甚且一度认为他的散文在他的诗之上。一般人提起他的散文就想起他的《浓得化不开》。那两篇文字确是他自己认为得意之作，我记得他写成之后，情不自禁，自动地让我听他朗诵。他不善于读诵，我勉强听完。这两篇文字列入小说集中，其实是两篇散文游记，不过他的写法特殊，以细密的笔法捕捉繁华的印象。我不觉得这两篇文字是他的散文代表作。《巴黎的鳞爪》与《自剖》两集才是他的散文杰作。他的散文永远是亲切的，是他的人格的投射，好像是和读者晤言一室之内。他的散文自成一格，信笔所之，如行云流水。他自称为文如"跑野马"，没有固定的目标，没有拟好的路线。严格讲，这不是正规的文章做法。志摩仗恃他有雄厚的本钱——热情与才智，故敢于跑野马，而且令人读来也觉得趣味盎然。这种写法是别人学不来的。

平山堂记

我常以为，关于居住的经验，我的一份是很宏富的。最特别的，如王宝钏住过的那种"窑"，我都住过一次，其他就不必说了。然而不然。我住过平山堂之后，才知道天下之大无奇不有，我的以往的经验实在是渺不足道。

平山堂者，广州国立中山大学城内教员宿舍也。我于三十七年十二月避乱南征，浮海十有六日，于三十八年一月一日抵广州，应中山大学聘，迁入平山堂。在迁入之前，得知可以获得"二房一厅"，私心庆幸不置。三日吉辰，携稚子及行李大小十一件乘"指挥车"往，到了一座巍巍大楼之下，车戛然止。行李卸下之后，登楼巡视，于黝黑之甬道中居然有管理员，于是道明来意，取得钥匙。所谓二房一厅者，乃屋一间，以半截薄板隔成三块，外面一块名曰厅，里面那两块名曰房。于浮海十有六日之后，得此大为满意，因房屋甚为稳定，全不似海上之颠簸，突兀广厦，寒士欢颜。

平山堂有石额，金曾澄题，盖构于二十余年前，虽壁垩斑驳，蛛网尘封，而四壁峭立，略无倾斜。楼上为教员宿舍，约住二十余家，楼下为附属小学，学生数百人，又驻有"内政部"警察大队数十名，又有司法官训练班教室及员生数十人，楼之另一翼为附属中学教员宿舍，盖亦有数十家。房屋本应充分利用，若平山堂者可谓毫无遗憾。

我们的房间有一特点，往往需两家共分一窗，而且两家之间的墙壁上下均有寸许之空隙，所以不但鸡犬之声相闻，而且炊烟袅袅随时可以飘荡而来。平山堂无厨房之设备，各家炊事均需于其二房一厅中自行解决之。我以一房划为厨房，生平豪华莫此为甚，购红泥小火炉一，置炭其中临窗而点燃之，若遇风向顺利之时，室内积烟亦不太多，仅使人双目流泪略感窒息而已。各家炊饭时间并不一致，有的人黎明即起生火煮粥，亦有人于夜十二时开始操动刀砧生火烧油哗啦一声炒鱿鱼。所以一天到晚平山堂里面烟烟煴煴。有几家在门外甬道烧饭，盘碗罗列，炉火熊熊，俨然是露营炊饭之状，行人经过，要随时小心不要踢翻人家的油瓶醋罐。

水势就下，所以很难怪楼上的那仅有的一个水管不出水。在需用水的时候，它不绝如缕，有时候扑簌如落泪，有时候只有咝咝的干响如助人之叹息。唯一水源畅通的时候是在午夜以后，有识之士就纷纷以铅铁桶轮流取水囤积，其声淙然，彻夜不绝。白昼用水则需下楼汲取。楼下有蓄水池，洗澡、洗衣、洗米即在池边举行，有时亦在池内举行之。但是我们的下水道是相当方便的，窗口即是下水道，随时可以听见哗的一声响。举目一望，即可看见各式各样的器皿在窗口一晃而逝。至于倒出来的东西，其内容是相当复杂的了。

老练的人参观一个地方，总要看看它的厕所是什么样子。关于这一点我总是抱着"谢绝参观"的态度，所以也不便多所描写，我只能提供几点事实。的的确确，我们是有厕所的，而且有两处之多，都在楼下，而且至少有五百人以上集体使用，不分男女老幼。原来每一个小房间都有门的，现在门已多不知去向；原来是可以抽水的，现已不通水。据一位到过新疆的朋友告诉我，那地方大家都用公共厕所，男女不分，而且使用的人都是面朝里蹲下。朝里朝外倒没有关系，只是大家都要有一致的方向就好。可惜关于此点，平山堂没有规定，任何人都要考虑许久，才能因地制宜决定方向。

平山堂多奇趣。有时候东头发出惨叫声，连呼救命，大家蜂拥而出，原来是一位后母在鞭挞孩子。有时西头号啕大哭，如丧考妣，大家又蜂拥而出，原来是一位五十多岁的老太婆被儿媳逼迫而伤心。有时候，一声吆喝，如雷贯耳，原来是一位热心人报告发薪的消息，这一回是家家蜂拥而出，夺门而走，搭汽车，走四十分钟到学校，再搭汽车，四十分钟回到城内，跑兑金店换港纸——有一次我记得清清楚楚兑得港币三元二毫五仙。

别以为平山堂不是一个好去处，当时多少人羡慕我们住在这样一个好地方。平山堂旁边操场上，躺着三五百男男女女从山东流亡来的青年学生（我祝福他们，他们现在大概是在澎湖罢），有的在生病，有的满身渍泥。我的孩子眼泪汪汪的默默地拿了十元港纸买五十斤大米送给他们煮粥吃。那一夜，我相信平山堂上有许多人没有能合眼。平山堂前面进德会旁檐下躺着一二百人，内中有东北的学生、教授及眷属，撑起被单、毛毯而挡不住那斜风细雨的侵袭。

邻居的一位朋友题了一首咏平山堂的诗如下：

岁暮犹为客，荒斋举目非。
炊烟环室起，烛影一痕微。
蛮语穿尘壁，蚊雷绕翠帏。
干戈何日罢，携手醉言归？

盖纪实也。我于三十八年六月离平山堂到台湾。我于平山堂实有半年之缘。现在想想，再回去尝受平山堂的滋味，已不可得。将来归去，平山堂是否依然巍立亦不可知。半年来平山堂之种种，恐日久或忘，是为记。

晒书记

《世说新语》:"郝隆七月七日,出日中仰卧。人问其故,曰:'我晒书。'"

我曾想,这位郝先生直挺挺地躺在七月的骄阳之下,晒得浑身滚烫,两眼冒金星,所为何来?他当然不是在作日光浴,书上没有说他脱光了身子。他本不是刘伶那样的裸体主义者。我想他是故作惊人之状,好引起"人问其故",他好说出他的那一句惊人之语"我晒书"。如果旁人视若无睹,见怪不怪,这位郝先生也只好站起来拍拍衣服上的灰尘而去。郝先生的意思只是要向侪辈夸示他的肚里全是书。书既装在肚里,其实就不必晒。

不过我还是很羡慕郝先生之能把书藏在肚里,至少没有晒书的麻烦。我很爱书,但不一定是爱读书。数十年来,书也收藏了一点,可是并没有能尽量地收藏到肚里去。到如今,腹笥还是很俭。所以读到《世说新语》这一则,便有一点惭愧。

先严在世的时候,每次出门回来必定买回一包包的书籍。他喜欢研究的主要是小学,旁及于金石之学,积年累月,收集渐多。我少时无形中亦感染了这个嗜好,见有合意的书即欲购来而后快。限于资力学力,当然谈不到什么藏书的规模。不过汗牛充栋的情形却是体会到了，搬书要爬梯子，晒一次书要出许多汗，只是出汗的是人，不是牛。每晒一次书，全家老小都累得气咻咻然，真是天翻地覆的一件大事。见有衣鱼蛀蚀，先严必定蹙额太息，感慨地说："有书不读，叫蠹鱼去吃也罢。"刻了一颗小印，曰"饱蠹楼"，藏书所以饱蠹而已。我心里很难过，家有藏书而用以饱蠹，子女不肖，贻先人羞。

丧乱以来，所有的藏书都弃置在家乡，起先还叮嘱家人要按时晒书，后来音信断绝也就无法顾到了。仓皇南下之日，我只带了一箱书籍，辗转播迁，历尽艰苦。曾穷三年之力搜购杜诗六十余种版本，嫌体积过大亦留在大陆。从此不敢再作藏书之想。此间炎热，好像蠹鱼繁殖特快，随身带来的一些书籍竟被蛀蚀得体无完肤，情况之烈前所未有。日前放晴，运到阶前展晒，不禁想起从前在家乡晒书，往事历历，如在目前。南渡诸贤，新亭对泣，联想当时确有不得不然的道理在。我正在佝偻着背一册册地拂拭，有客适适然来，看见阶上阶下五色缤纷的群籍杂陈，再看到书上蛀蚀透背的惨状，对我发出轻微的嘲笑道："读书人竟放任蠹虫猖狂乃尔！"我回答说："书有未曾经我读，还需拿出曝晒，正有愧于郝隆；但是造物小儿对于人的身心之蛀蚀，年复一年，日益加深，使人意气消沉，使人形销骨毁，其惨烈恐有甚于蠹鱼之蛀书本者。人生贵适意，蠹鱼求一饱，两俱相忘，何必戚戚？"客嘿然退。乃收拾残卷，抱入室内，而内心激动，久久不平。想起饱蠹楼前趋庭之日，自惭老大，深愧未学，忧思百结，不得了脱。夜深人静，爰濡笔为之记。

拜年

拜年不知始自何时。明田汝成《熙朝乐事》:"正月元旦,夙兴盥漱,啖黍糕,谓年年糕;家长少毕拜,姻友投笺互拜,曰拜年。"拜年不会始自明时,不过也不会早,如果早已相习成风,也就不值得特为一记了。尤其是务农人家,到了岁除之时,比较清闲,一年辛苦,透一口气,这时节酒也酿好了,腊肉也腌透了,家祭蒸尝之余,长少毕拜,所谓"新岁为人情所重",大概是自古已然的了。不过演变到姻友投笺互拜,那就是另一回事了。

回忆幼时,过年是很令人心跳的事。平素轻易得不到的享乐与放纵,在这短短几天都能集中实现。但是美中不足、最煞风景的莫过于拜年一事。自己辈分低,见了任何人都只有磕头的分。而纯洁的孩提,心里实在纳闷,为什么要在人家面前匍匐到"头着地"的地步。那时节拜年是以向亲友长辈拜年为限,这份差事为人子弟的是无法推脱的。我只好硬着头皮穿上马褂、缎靴,跨上轿车,按照单子登门去拜年。有些人家"挡驾",我认为这最知趣;有些人家迎你升堂入室,受你一拜,然后给你一盏甜茶,扯几句淡话,礼毕而退;有些人家把你让到正大厅,内中阒无一人，任你跪在红毡子上朝上磕头，活见鬼！如是者总要跑上三两天。见人就磕头，原是处世妙方，可惜那时不甚了了。

后来年纪渐长，长我一辈两辈的人都很合理地凋谢了，于是每逢过年便不复为拜年一事所苦。自己吃过的苦，也无意再加在自己的儿子身上去。阳春雪霁，携妻室儿女去挤厂甸，冻得手脚发僵，买些琉璃喇叭大糖葫芦，比起奉命拜年到处做磕头虫，岂不有趣得多？

几十年来我已不知拜年为何物。初到台湾时，大家都是惊魂甫定，谈不到年，更谈不到拜年。最近几年来，情形渐渐不对了，大家忽地一窝蜂拜起年来了。天天见面的朋友们也相拜年，下属给长官拜年，邻居给邻居拜年。初一那天，我居住的陋巷真正的途为之塞，交通断绝一二小时。每个人咧着大嘴，拱拱手，说声"恭喜发财"，也不知喜从何处来，财从何处发，如痴如狂，满大街小巷的行尸走肉。一位天主教的神父，见了我也拱起手说"恭喜发财"，出家人尚且如此，在家人复有何说？大家好像是完全忘记了现在是战时，完全忘记了现在《戒严法》《总动员法》都还有效，竟欢喜忘形，创造出这种形式的拜年把戏。我说这是创造，因为这不合古法，也不合西法，而且也不合情理，完全是胡闹。

胡闹而成了风气，想改正便不容易。有一位不肯随波逐流的人，元旦之晨犹拥被高卧，但是禁不住家人催促，只好强勉出门，未能免俗。心里忽然一动，与其游朱门，不如趋蓬户，别人锦上添花，我偏雪中送炭，于是他不去拜上司，反而去拜下属。于是进陋巷，款柴扉，来应门的是一个三尺童子，大概从来没见有这样的人来拜年过，小孩子亦受宠若惊，回头就跑，正好触到一块绊脚石，跌了一跤，脑袋撞在石阶上，鲜血直喷。拜年者和被拜年者慌作一团，送医院急救，一场血光之灾结束了一场拜年的闹剧，可见顺逆之势不可强勉，要拜年还是到很多人都去拜年的地方去拜。

拜年者使得人家门庭若市，对于主人也构成威胁。我看见有人在门前张贴告示："全家出游，恭贺新禧！"有时亦不能收吓阻之效，有些客人便闯进去，则室内高朋满座，香烟缭绕，一桌子的糖果、一地的瓜子皮。使得投笺拜年者反倒显着生分了。在这种场合，剥两只干桂圆，喝几口茶水，也就可以起身，不必一定要像以物出物的楔子，等待下一批客人来把你生顶出去。拜年虽非普通日子访客可比，究竟仍以给人留下吃饭睡觉的时间为宜。

有人向我说："你别自以为众醉独醒，大家的见识是差不多的，谁愿意把两腿弄得清酸，整天价在街上狼奔豕窜？还不是闷得发慌？到了新正，荒斋之内举目皆非，想想家乡不堪闻问，瞻望将来则有的说有望，有的说无望，有的心里无望而嘴巴里却说有望。望，望，望，我们望了十多年了，以后不知还要再望多么久。人是血肉做的，一生有几个十多年？过年放假，家中闲坐，闷得发慌，会要得病的，所以这才追随大家之后，街上跑跑，串串门子，不为无益之事，何以遣有涯之生？谁还真个要给谁拜年？拜年？想得好！兴奋之后便是麻痹，难得大家兴奋一下。"

这样说来，拜年岂不是成了一种"苦闷的象征"？

门铃

居住的地方不该砌起围墙。既然砌了墙,不该留一个出入的门口。既然留了门口,不该安上一个门铃。因为门铃带来许多烦恼。

门铃非奢侈品,前后左右的邻居皆有之,而且巧得很,所装门铃大概都是属于一个类型,发出哑哑的、沙沙的声音。一声铃响,就是心惊,以为有什么人高轩莅止,需要仔细地倾耳辨别,究竟是人家的铃响,还是自己的铃响。一方面怕开门太迟慢待嘉宾,一方面怕一场误会徒劳往返,然而必须等待第二声甚至第三声铃响,才能确实分辨出来,往往因此而惹得来人不耐烦,面有愠色。于是我把门铃拆去,换装了一个声音与众不同的铃。铃一响,就去开门,真正的是如响斯应。

实际上不能如响斯应。寒舍虽非深宅大院,但是没有应门三尺之僮,必须自理门户,由起居之处走到门口也还有一点空间,空间即时间,有时还要脱鞋换鞋,倒屣是不可能的,所以其间要有一点耽搁。新的门铃响声相当洪亮,不但主人不会充耳不闻,客人自己也听得清清楚楚。很少客人愿意在门外多停留几秒钟,总是希望主人用超音速的步伐前来应门。尤其是送信的人,常常是迫不及待，按起门铃如鸣警报，一声比一声急。有时候沿门求乞的人，也充分地利用这一设备，而且是理直气壮地大模大样地按铃。卖广柑的，修理棕绷竹椅的，打滴滴涕的，推销酱油的，推销牛奶的，传教的洋人及准洋人，都有权利按铃，而且常是在最令人感觉不方便的时候来使劲地按铃。铃声无论怎样悦耳，总是给人以不悦快的预兆时为多，铃是为人按的，不拘什么人都可以按，主人有应声开门的义务，没有不去开门的权力。开门之后，一个鸠首鹄面的人手里拿着烂糟糟的一本捐册，缘起写得十分凄惨，有"舍弟江南死，家兄塞北亡"的意味，外加还有什么证明文件之类。遇到这种场面，除了敬谨捐献之外，夫复何言？然而这不是最伤脑筋的事，尤有甚于此者。多半是在午睡方酣之际，一声铃响，令人怵然以惊，赶紧披衣起身施施然出。开门四望，无一人，只觉阴风扑面，令人打一个冷战。一条夹着尾巴的野狗斜着眼睛瞟我一下匆匆过去，一个不信鬼的人遇见这样情形也要觉得心头栗栗。这种怪事时常发生，久之我才知道这乃是一些小朋友们的户外游戏之一种，"打了就跑"。你在四向张望的时候，他也许是藏在一个墙角正在窃窃冷笑。

有些人大概是有奇怪的收藏癖，喜欢收集各式各样的电铃的盖子，否则为什么门口的电铃上的盖子常常不翼而飞呢？这种盖子是没有什么其他的用场的，不值得窃取，只能像集邮一般的满足一种收藏的癖好。但是这癖好却建筑在别人的烦恼上。没有把你的大门摘走，已是取不伤廉，还怨的是什么？感谢工业的伟大的进步，有一种电铃没有凸出的圆盖了，钉在墙上平糊糊的只露出滑小溜丢的一个小尖头在外面供你按，但不能一把抓。

按照我国固有文明，拉铃和电铃一样有用，而烦恼较少。

《江南余载》有这样一条："陈雍家置大铃，署其旁曰：'无钱雇仆，客至请挽之。'"今之拉铃，即其遗风。这样的拉铃简单朴素，既无虞被人采集而去，亦不至被视为户外游戏的用具。而且，既非电化器材，不怕停电。从前我家里的门铃就是这样的，记得是在我的祖父去世的那年，出殡时狮子"松活"的头下系着的几个大铜铃，扎在一起累累然挂在房檐下，作为门铃用。挽拉起来，哗啷哗啷的乱响，声势浩大。自从改装了电铃，就一直烦恼，直到于今。

　　这一切烦恼皆是城市生活环境使然。如果是野堂山居，必定门可罗雀，偶然有长者车辙，隔着柴扉即可望见颜色。"门前剥啄定佳客，檐外孱颜皆好山"，那是什么情景？

散步

《琅嬛记》云:"古之老人,饭后必散步。"好像是散步限于饭后,仅是老人行之,而且盛于古时。现代的我,年纪不大,清晨起来盥洗完毕便提起手杖出门去散步。这好像是不合古法,但我已行之有年,而且同好甚多,不只我一人。

清晨走到空旷处,看东方既白,远山如黛,空气里没有太多的尘埃炊烟混杂在内,可以放心地尽量地深呼吸,这便是一天中难得的享受。据估计,"目前一般都市的空气中,灰尘和烟煤的每周降量,平均每平方公里约为五吨,在人烟稠密或工厂林立的地区,有的竟达二十吨之多"。养鱼的都知道要经常为鱼换水,关在城市里的人真是如在火宅,难道还不在每天清早从软暖习气中挣脱出来,服几口"清凉散"?

散步的去处不一定要是山明水秀之区,如果风景宜人,固然觉得心旷神怡,就是荒村陋巷,也自有它的情趣。一切只要随缘。我从前沿着淡水河边,走到萤桥,现在顺着一条马路,走到土桥,天天如是,仍然觉得目不暇给。朝露未干时,有蚯蚓、大蜗牛在路边蠕动,没有人伤害它们,在这时候这些小小的生物可以和我们和平共处。也常见有被辗毙的田鸡、野鼠横尸路上,令人怵目惊心，想到生死无常。河边蹲踞着三三两两浣衣女，态度并不轻闲，她们的背上兜着垂头瞌睡的小孩子。田畦间伫立着几个庄稼汉，大概是刚拔完萝卜摘过菜。是农家苦还是农家乐，不大好说。就是从巷弄里面穿行，无意中听到人家里的喁喁絮语，有时也能令人忍俊不住。

六朝人喜欢服五石散，服下去之后五内如焚，浑身发热，必须散步以资宣泄。到唐朝时犹有这种风气。元稹诗"行药步墙阴"，陆龟蒙诗"更拟结茅临水次，偶因行药到村前"，所谓"行药"，就是服药后的散步。这种散步，我想是不舒服的。肚里面有丹砂、雄黄、白矾之类的东西作怪，必须脚步加快，步出一身大汗，方得畅快。我所谓的散步不这样的紧张，遇到天寒风大，可以缩颈急行，否则亦不妨迈方步，缓缓向行。培根有言："散步利胃。"我的胃口已经太好，不可再利，所以我从不跉跰的趱路。六朝人所谓"风神萧散，望之如神仙中人"，一定不是在行药时的写照。

散步时总得携带一根手杖，手里才觉得不闲得慌。山水画里的人物，凡是跋山涉水的总免不了要有一根邛杖，否则好像是摆不稳当似的。王维诗"策杖村日斜"，村东日出时也是一样的需要策杖。一杖在手，无须舞动，拖曳就可以了。我的一根手杖，因为在地面摩擦的关系，已较当初短了寸余。有杖有时亦可作为武器，聊备不时之需，因为在街上散步者不仅是人，还有狗。不是夹着尾巴的丧家之狗，也不是循循然汪汪叫的土生土长的狗，而是那种雄赳赳的横眉竖眼张口伸舌的巨獒，气咻咻地迎面而来，后面还跟着骑脚踏车的扈从。这时节我只得一面退避三舍，一面加力握紧我手里的竹杖。那狗脖子上挂着牌子，当然是纳过税的，还可能是系出名门，自然也有权利出来散步。还好，此外尚未遇见过别的什么猛兽。唐慈藏大师"独静行禅，不避虎兕"，我只有自惭定力不够。

散步不需要伴侣，东望西望没人管，快步慢步由你说，这不但是自由，而且只有在这种时候才特别容易领略到"前不见古人，后不见来者"那种"分段苦"的味道。天覆地载，孑然一身。事实上，街道上不是绝对的阒无一人，策杖而行的不只我一个，而且经常地有很熟的面孔准时准地地出现，还有三五成群的小姑娘，老远地就送来木屐声。天长地久，面孔都熟广，但是谁也不理谁。在外国的小都市，你清早出门，一路上打扫台阶的老太婆总要对你搭讪一两句话，要是在郊外山上，任何人都要彼此脱帽招呼。他们不嫌多事。我有时候发现，一个形容枯槁的老者忽然不见他在街道散步了，第二天也不见，第三天也不见，我真不敢猜想他是到哪里去了。

太阳一出山，把人影照得好长，这时候就该往回走。再晚一点，便要看到穿蓝条睡衣睡裤的女人们在街上或是河沟里倒垃圾，或者是捧出红泥小火炉路边呼呼的扇起来，弄得烟气腾腾。尤其是，风驰电掣的现代交通工具也要像是猛虎出柙一般的露面了，行人总以回避为宜。所以，散步一定要在清晨，白居易诗："晚来天气好，散步中门前。"要知道白居易住的地方是伊阙，是香山，和我们住的地方不一样。

谦让

谦让仿佛是一种美德,若想在眼前的实际生活里寻一个具体的例证,却不容易。类似谦让的事情近来似很难得发生一次。就我个人的经验说,在一般宴会里,客人入席之际,我们最容易看见类似谦让的事情。

一群客人挤在客厅里,谁也不肯先坐,谁也不肯坐首座,好像"常常登上座,渐渐入祠堂"的道理是人人所不能忘的。于是你推我让,人声鼎沸。辈分小的,官职低的,垂着手远远立在屋角,听候调遣。自以为有占首座或次座资格的人,无不攘臂而前,拉拉扯扯,不肯放过他们表现谦让的美德的机会。有的说:"我们叙齿,你年长!"有的说:"我常来,你是稀客!"有的说:"今天非你上座不可!"事实固然是为让座,但是当时的声浪和唾沫星子却都表示像在争座。主人觑着一张笑脸,偶然插一两句嘴,作鹭鸶笑。这场纷扰,要直到大家的兴致均已低落,该说的话差不多都已说完,然后急转直下,突然平息,本就该坐上座的人便去就了上座,并无苦恼之相,而往往是显着踌躇满志顾盼自雄的样子。

我每次遇到这样谦让的场合,便首先想起《聊斋》上的一个故事：一伙人在热烈的让座，有一位扯着另一位的袖子，硬往上拉，被拉的人硬往后躲，双方势均力敌，突然间拉着袖子的手一松，被拉的那只胳臂猛然向后一缩，胳臂肘尖正撞在后面站着的一位驼背朋友的两只特别凸出的大门牙上，咯吱一声，双牙落地！我每忆起这个乐极生悲的故事，为明哲保身起见，在让座时我总躲得远远的。等风波过后，剩下的位置是我的，首座也可以，坐上去并不头晕，末座亦无妨，我也并不因此少吃一嘴。我不谦让。

考让座之风之所以如此地盛行，其故有二。第一，让来让去，每人总有一个位置，所以一面谦让，一面稳有把握。假如主人宣布，位置只有十二个，客人却有十四位，那便没有让座之事了。第二，所让者是个虚荣，本来无关宏旨，凡是半径都是一般长，所以坐在任何位置（假如是圆桌）都可以享受同样的利益。假如明文规定，凡坐过首席若干次者，在铨叙上特别有利，我想让座的事情也就少了。我从不曾看见，在长途公共汽车车站售票的地方，如果没有木制的长栅栏，而还能够保留一点谦让之风！因此我发现了一般人处世的一条道理，那便是：可以无须让的时候，则无妨谦让一番，于人无利，于己无损；在该让的时候，则不谦让，以免损己；在应该不让的时候，则必定谦让，于己有利，于人无损。

小时候读到孔融让梨的故事，觉得实在难能可贵，自愧弗如。一只梨的大小，虽然是微屑不足道，但对于一个四五岁的孩子，其重要或者并不下于一个公务员之心理盘算简、荐、委。有人猜想，孔融那几天也许肚皮不好，怕吃生冷，乐得谦让一番。我不敢这样妄加揣测。不过我们要承认，利之所在，可以使人忘形，谦让不是一件容易的事。孔融让梨的故事，发扬光大起来，确有教育价值，可惜并未发生多少实际的效果：今之孔融，并不多见。谦让做为一种仪式，并不是坏事，像天主教会选任主教时所举行的仪式就蛮有趣。就职的主教照例地当众谦逊三回，口说"Nolo cpiscopari"意即"我不要当主教"，然后照例地敦促三回终于勉为其难了。我觉得这样的仪式比宣誓就职之后再打通电声明固辞不获要好得多。谦让的仪式行久了之后，也许对于人心有潜移默化之功，使人在争权夺利奋不顾身之际，不知不觉地也举行起谦让的仪式。可惜我们人类的文明史尚短，潜移默化尚未能奏大效，露出原始人的狰狞面目的时候要比雍雍穆穆地举行谦让仪式的时候多些。我每次从公共汽车售票处杀进杀出，心里就想先王以礼治天下，实在有理。

谈话的艺术

一个人在谈话中可以采取三种不同的方式,一是独白,一是静听,一是互话。

谈话不是演说,更不是训话,所以一个人不可以霸占所有的时间,不可以长篇大论地絮聒不休,旁若无人。有些人大概是口部筋肉特别发达,一开口便不能自休,绝不容许别人插嘴,话如连珠,音容并茂。他讲一件事能从盘古开天地讲起,慢慢地进入本题,亦能枝节横生,终于忘记本题是什么。这样霸道的谈话者,如果他言谈之中确有内容,所谓"吐佳言如锯木屑,霏霏不绝",亦不难觅取听众。在英国文人中,约翰逊博士是一个著名的例子。在咖啡店里,他一开口,鼠都不敢叫。那个结结巴巴的高尔斯密一插嘴便触霉头。Sir Oracle在说话,谁敢出声?约翰逊之所以被称为当时文艺界的独裁者,良有以也。学问、风趣不及约翰逊者,必定是比较的语言无味,如果喋喋不已,如何令人耐得!

有人也许是以为嘴只管吃饭而不作别用,对人乃钳口结舌,一言不发。这样的人也是谈话中所不可或缺的,因为谈话,和演戏一样,是需要听众的,这样的人正是理想的听众。欧洲中古时代的一个严肃的教派Carthusian monks以不说话为苦修精进的法门之一，整年地不说一句话，实在不易。那究竟是方外人，另当别论，我们平常人中却也有人真能寡言。他效法金人之三缄其口，他的背上应有铭曰："今之慎言人也"。你对他讲话，他洗耳恭听，你问他一句话，他能用最经济的词句把你打发掉。如果你恰好也是"毋多言，多言多败"的信仰者，相对不交一言，那便只好共听壁上挂钟之滴答滴答了。钟会之与嵇康，则由打铁的叮当声来破除两人间之岑寂。这样的人现代也有，相对无言，莫逆于心，吧嗒吧嗒地抽完一包香烟，兴尽而散。无论如何，老于世故的人总是劝人多听少说，以耳代口，凡是不大开口的人总是令人莫测高深；口边若无遮拦，则容易令人一眼望到底。

谈话，和作文一样，有主题，有腹稿，有层次，有头尾，不可语无伦次。写文章肯用心的人就不太多，谈话而知道剪裁的就更少了。写文章讲究开门见山，起笔最要紧，要来得挺拔而突兀，或是非常爽朗，总之要引人入胜，不同凡响。谈话亦然。开口便谈天气好坏，当然亦不失为一种寒暄之道，究竟缺乏风趣。常见有客来访，宾主落座，客人徐徐开言："您没有出门啊？"主人除了重申"我没有出门"这一事实之外，没有法子再作其他的答话。谈公事，讲生意，只求其明白清楚，没有什么可说的。一般的谈话往往是属于"无题""偶成"之类，没有固定的题材，信手拈来，自有情致。情人们喁喁私语，总是有说不完的话题，谈到无可再谈，则"此时无声胜有声"了。老朋友们剪烛西窗，班荆道故，上下古今无不可谈，其间并无定则，只要对方不打哈欠。禅师们在谈吐间好逗机锋，不落迹象，那又是一种境界，不是我们凡夫俗子所能企望得到的。善谈和健谈不同，健谈者能使四座生春,但多少有点霸道,善谈者尽管舌灿莲花,但总还要给别人留些说话的机会。话的内容总不能不牵涉到人,而所谓人,则不是别人便是自己。谈论别人则东家长西家短全成了上好的资料,专门隐恶扬善则内容枯燥听来乏味,揭人阴私则又有伤口德,这其间颇费斟酌。英文gossip一字原义是"教父母",尤指教母,引申而为任何中年以上之妇女,再引申而为闲谈,再引申而为飞短流长,而为长舌妇,可见这种毛病由来有自,"造谣学校"之缘起亦在于是,而且是中外皆然。不过现在时代进步,这种现象已与年纪无关。谈话而专谈自己当然不会伤人,并且缺德之事经自己宣扬之后往往变成为值得夸耀之事。不过这又显得"我执"太深,而且最关心自己的事的人,往往只是自己。英文的"我"字,是大写字母的"I",有人已嫌其夸张,如果谈起话来每句话都用"我"字开头,不更显得自我本位了么?

在技巧上,谈话也有些个禁忌。"话到口边留半句",只是劝人慎言,却有人认真施行,真个的只说半句,其余半句要由你去揣摩,好像文法习题中的造句,半句话要由你去填充。有时候是光说前半句,要你猜后半句;有时候是光说后半句,要你想前半句。一段谈话中若是破碎的句子太多,在听的方面不加整理是难以理解的。费时费事,莫此为甚。我看在谈话时最好还是注意文法,多用完整的句子为宜。另一极端是,唯恐听者印象不深,每一句话重复一遍,这办法对于听者的忍耐力实在要求过奢。谈话的腔调与嗓音因人而异,有的如破锣,有的如公鸡,有的行腔使气有板有眼,有的回肠荡气如怨如诉,有的于每一句尾加上一串咯咯的笑,有的于说完一段话之后像鲸鱼一般喷一口大气,这一切都无关宏旨,要紧的是说话的声音之大小需要一点控制。一开口便血脉贲张，声震屋瓦，不久便要力竭声嘶，气急败坏，似可不必。另有一些人的谈话别有公式，把每句中的名词与动词一律用低音，甚至变成耳语，令听者颇为吃力。有些人唾腺特别发达，三言两句之后嘴角上便积有两摊如奶油状的泡沫，于发出重唇音的时候便不免星沫四溅，真像是痰唾珠玑。人与人相处，本来易生摩擦，谈话时也要保持距离，以策安全。

谈学者

在上一期的《文星》里看到居浩然先生的一篇文章,他把 Scholarship 一字译成为"学格"。这一个字是不容易翻译得十分恰当的,因为它含义不太简单。从字面上讲,这个字分两部分,scholar+ship,其重心还是在前一半,ship 表示特征、性质、地位等。《韦氏字典》所下的定义是:characteror qualities of a scholar; attainments in science or literature, formerly in classical literature; learning。这一定义好像是很简单明了,但是很值得令我们想一想。什么是学者的特征与性质呢?换言之,怎样才能是一个学者呢?居先生提出了三点,第一是诚实,第二是认真,第三是纪律。愿再补充申说一下。

学者以探求真理为目的,故不求急功近利。学者研究一个问题,往往是很小的而且很偏僻的问题,不惜以狮子搏兔的手段,小题大做,有时候像是迂腐可笑,有时候像是玩物丧志。这种研究可能发生很大的影响,或给人以重要的启示,但亦可能不生什么实际的效果。在学者自身看来,凡是探求真理的努力都是有价值的,题目不嫌其小,不嫌其偏,但求其能有所发现,纵然终于不能有所发现,其探讨的过程仍然是有价值的。学者的态度是

"无所为而为"的，是不计功利的。一个有志于学的人，我们只消看看他所研究的题目，就可以约略知道他是否有走上学问之途的希望。学者有时为了探讨真理，不惜牺牲其生命，不惜与权威抗，不为利诱自然是更不待言的了。

小题大做并不是一件容易事。要小题大做需先尽力发掘前人研究的成果与过程；需先对于此一小题所牵涉的其他各方面的材料作一广泛的探讨，然后方能正式着手。题小，然后才能精到。可是这精到仍是建在广博的基础之上。题目若是大，则纵然用功甚勤，仍常嫌肤泛，可供通俗阅览，不能作专门参考。高谈义理，固然也是学问，不过若无切实的学识作后盾，便要流于空疏。题小而要大做，才能透彻，才能深入，才能巨细靡遗。所以学问之道是艰辛的。

学者有学者的尊严。他不屑于拾人涕唾，有所引证必注明出处，正文里不便述说则皆加脚注，最低限度引号是少不得的。凡是正式论文，必定脚注很多，这样可显示作者的功力与负责的态度。不注明出处，一方面是掠人之美，一方面是削弱了自己论证的力量。论文后面总是附有参考书目，从这书目也可窥见学者的素养。学者不发表正式论文则已，发表则必定全盘公布他的研究经过，没有一点夹带藏掖。

学者不肯强不知以为知。自己没有把握的材料，不但不可妄加议论，即使引述也往往失当，纰漏一出，识者齿冷。尝见文史作者引证最新科学资料，或国学大师引证外国文字，一知半解，引喻失当，自以为旁征博引，头头是道，实则暴露自己之无知与大胆，有失学者风度。

有了学者的态度，穷年累月地锲而不舍，自然有相当的造诣。但学者永远是虚心的，偶有所得，亦不敢沾沾自喜，更不肯大吹大擂地目空一切，作小家子气。剑拔弩张的、火辣辣的，不是学者的气息，学者是谦冲的、深藏若虚的。

　　学者风度，中外一理。不过以我们的学校制度以及设备环境而论，我们要继续不断地一批批地培养学者，似乎甚有困难。以文字训练来说，现代文、古文、外国文都极重要，缺一不可，这只是工具的训练，并不是学问本身，而我们的一般青年学子中能有几人粗备语言文字的根底？现在的大学很少有淘汰作用，一入大学，便注定可以毕业，敷衍松懈，在学问上无纪律之可言，上课钟点奇多，而每课都是稀松。到外国去留学的学生，一开学便叫苦连天，都说功课分量重，一星期上三门课便忙不过来。以此例彼，便可知我们的教育积弊之所在。我们的学者，绝大部分都是努力自修成功的，很少是学校机构培养出来的。这不是办法。国家不能等待着学者们自生自灭，国家需要有计划地培植青年学者，大量地生产，使之新陈代谢，日益精进。这不是一纸命令的事，也不是添设机构即可奏效，最要紧的莫过于稳定的生活与充足的设备。讲到学者的养成，所有的学术教育机构皆有责任。有人讥笑我们为文化沙漠，我们也大半自承学术气氛不足。须知现代的学者和从前不同，从前的人可以焚膏继晷、皓首穷经，那时候的学术领域比较狭窄，现代的人做学问不能抱残守缺，需要图书馆、实验室的良好设备来作辅助。我深感我们的高级学府培育人才，实际上是漫无目标，毕业出来的学生从事专门职业，则常嫌准备不足，继续研究作学问，则大部分根底也很差。这是很可虑的。

谈时间

希腊哲学家 Diogenes 经常睡在一只瓦缸里,有一天亚历山大皇帝走去看他,以皇帝的惯用的口吻问他:"你对我有什么请求吗?"这位玩世不恭的哲人翻了翻白眼,答道:"我请求你走开一点,不要遮住我的阳光。"

这个家喻户晓的小故事,究竟含义何在,恐怕见仁见智,各有不同的看法。我们通常总是觉得那位哲人视尊荣犹敝屣,富贵如浮云,虽然皇帝驾到,殊无异于等闲之辈,不但对他无所希冀,而且亦不必特别地假以颜色。可是约翰逊博士另有一种看法,他认为应该注意的是那阳光,阳光不是皇帝所能赐予的,所以请求他不要把他所不能赐予的夺了去。这个请求不能算奢,却是用意深刻。因此约翰逊博士由"光阴"悟到"时间",时间也者,虽然也是极为宝贵,却也是常常被人劫夺的。

"人生不满百",大致是不错的。当然,老而不死的人,不是没有,不过期颐以上不是一般人所敢想望的。数十寒暑当中,睡眠去了很大一部分。苏东坡所谓"睡眠去其半",稍嫌有点夸张,大约三分之一左右总是有的。童蒙一段时期,说它是天真未凿也好,说它是昏昧无知也好,反正是浑浑噩噩,不知不觉;及至寿登耄耋，老悖聋瞑，甚至"佳丽当前，未能缱绻"，比死人多一口气，也没有多少生趣可言。掐头去尾，人生所余无几。就是这短暂的一生，时间亦不见得能由我们自己支配。约翰逊博士所抱怨的那些不速之客，动辄登门拜访，不管你正在怎样忙碌，他觉得宾至如归，这种情形固然令人啼笑皆非，我觉得究竟不能算是怎样严重的"时间之贼"。他只是在我们的有限的资本上抽取一点捐税而已。我们的时间之大宗的消耗，怕还是要由我们自己负责。

  有人说："时间即生命。"也有人说："时间即金钱。"二说均是，因为有人根本认为金钱即生命。不过细想一下，有命斯有财，命之不存，财于何有？要钱不要命者，固然实繁有徒，但是舍财不舍命，仍然是较聪明的办法。所以《淮南子》说："圣人不贵尺之璧而重寸之阴，时难得而易失也。"我们幼时，谁没有作过"惜阴说"之类的课艺？可是谁又能趁早体会到时间之"难得而易失"？我小的时候，家里请了一位教师，书房桌上有一座钟，我和我的姊姊常乘教师不注意的时候把时针往前拨快半个钟头，以便提早放学，后来被老师觉察了，他用朱笔在窗户纸上的太阳阴影画一痕记，作为放学的时刻，这才息了逃学的念头。

  时光不断地在流转，任谁也不能攀住它停留片刻。"逝者如斯夫，不舍昼夜！"我们每天撕一张日历，日历越来越薄，快要撕完的时候便不免矍然以惊，惊的是又临岁晚。假使我们把几十册日历装为合订本，那便象征我们的全部的生命，我们一页一页地往下扯，该是什么样的滋味呢？"冬天一到，春天还会远吗？"可是你一共能看见几次冬尽春来呢？

不可挽住的就让它去罢！问题在，我们所能掌握的尚未逝去的时间，如何去打发它。梁任公先生最恶闻"消遣"二字，只有活得不耐烦的人才忍心的去"杀时间"。他认为一个人要做的事太多，时间根本不够用，哪里还有时间可供消遣？不过打发时间的方法，亦人各不同、士各有志。乾隆皇帝下江南，看见运河上舟楫往来，熙熙攘攘，顾问左右："他们都在忙些什么？"和珅侍卫在侧，脱口而出："无非'名利'二字。"这答案相当正确，我们不可以人废言。不过三代以下唯恐其不好名，大概"名利"二字当中还是利的成分大些。"人为财死，鸟为食亡"。时间即金钱之说仍属不诬。诗人华兹华斯有句：

尘世耗用我们的时间太多了，夙兴夜寐，赚钱挥霍，把我们的精力都浪费掉了。

所以有人宁可遁迹山林，享受那清风明月，"侣鱼虾而友麋鹿"，过那高蹈隐逸的生活。诗人济慈宁愿长时间地守着一株花，看那花苞徐徐展瓣，以为那是人间至乐；嵇康在大树底下扬槌打铁，"浊酒一杯，弹琴一曲"；刘伶"止则操卮执觚，动则挈榼提壶"，一生中无思无虑其乐陶陶。这又是一种颇不寻常的方式。最彻底的超然的例子是《传灯录》所记载的："南泉和尚问陆亘曰：'大夫十二时中作么生？'陆云：'寸丝不挂！'""寸丝不挂"即是了无挂碍之谓，"原来无一物，何处染尘埃？"这境界高超极了，可以说是"以天地为一朝，万期为须臾"，根本不发生什么时间问题。

人，诚如波斯诗人莪谟伽耶玛所说，来不知从何处来，去不知向何处去，来时并非本愿，去时亦未征得同意，糊里糊涂地在世间逗留一段时间。在此期间内，我们是以心为形役呢？还是立德立功立言以求不朽呢？还是参究生死直超三界呢？这大主意需要自己拿。

谈考试

少年读书而要考试，中年做事而要谋生，老年悠闲而要衰病，这都是人生苦事。

考试已经是苦事，而大都是在炎热的夏天举行，苦上加苦。我清晨起身，常见三面邻家都开着灯弦歌不辍；我出门散步，河畔田埂上也常见有三三两两的孩子们手不释卷。这都是一些好学之士么？也不尽然。我想其中有很大一部分是在临阵磨枪。尝闻有"读书乐"之说，而在考试之前把若干知识填进脑壳的那一段苦修，怕没有什么乐趣可言。

其实考试只是一种测验的性质，和量身高体重的意思差不多，事前无须恐惧，临事更无须张皇。考的时候，把你知道的写出来，不知道的只好阙疑，如是而已。但是考试的后果太大了。万一名在孙山之外，那一份落第的滋味好生难受，其中有惭恶，有怨愤，有沮丧，有悔恨，见了人羞答答，而偏有人当面谈论这回事。这时节，人的笑脸都好像是含着讥讽，枝头鸟啭都好像是在嘲弄，很少人能不顿觉人生乏味。其后果犹不止于此，这可能是生活上一大关键，眼看着别人春风得意，自己从此走向下坡。考试的后果太重大，所以大家都把考试看得很认真。其实考试的成绩，老早的就由自己平时读书时所决定了。

人苦于不自知。有些人根本无须去受考试的煎熬，但存一种侥幸心理，希望时来运转，一试得售。上焉者临阵磨枪，苦苦准备，中焉者揣摩试题，从中取巧，下焉者关节舞弊，浑水捞鱼。用心良苦而希望不大。现代考试方法相当公正，甚少侥幸可能。虽然也常闻有护航顶替之类的情形，究竟是少数的例外。如果自知仅有三五十斤的体重，根本就不必去攀到千斤大秤的钩子上去上吊。贸贸然去应试，只是凑热闹，劳民伤财，为别人做垫脚石而已。

对于身受考试之苦的人，我是很同情的。考试的项目多，时间久，一关一关地闯下来，身上的红血球不知要死去多少千万。从前科举考场里，听说还有人在夜里高喊："有恩的报恩，有怨的报怨！"那一股阴森恐怖的气氛是够怕人的。真有当场昏厥、疯狂、自杀的！现代的考场光明多了，不再是鬼影幢幢，可是考场如战场，还是够紧张的。我有一位同学，最怕考数学，一看题目纸，立刻脸上变色，浑身寒战，草草考完之后便佝偻着身子回到寝室去换裤子！其神经系统所受的打击是可以想象的！

受苦难的不只是考生。主持考试的人也是在受考验。先说命题，出这题目来难人，好像是最轻松不过，但亦不然。千目所视，千手所指，是不能掉以轻心的。我记得我的表弟在二十几年前投考一个北平的著名的医学院，国文题目是《卞壶不苟时好论》，全体交了白卷。考医学院的学生，谁又读过《晋书》呢？甚至可能还把"卞壶"读作"便壶"了呢。出题目的是谁，我不知道，他此后是否仍然心安理得地继续活下去，我亦不知道。大概出题目不能太僻，亦不能太泛。假使考留学生，作文题目是

《我出国留学的计划》，固然人人都可以诌出一篇来，但很可能有人早预备好一篇成稿，这样便很难评分而不失公道。出题目而要恰如分际，不刁钻、不炫弄、不空泛、不含糊，实在很难。在考生挥汗应考之前，命题的先生早已汗流浃背好几次了。再说阅卷，那也可以说是一种灾难。真的，曾有人于接连十二天阅卷之后吐血而亡，这实在应该比照阵亡例议恤。阅卷百苦，尚有一乐，荒谬而可笑的试卷常常可以使人绝倒，四座传观，粲然皆笑，精神为之一振。我们不能不叹服，考生中真有富于想象力的奇才。最令人不愉快的卷子是字迹潦草的那一类，喻为涂鸦，还嫌太雅，简直是墨盒里的蜘蛛满纸爬！有人在宽宽的格子中写蝇头小字，也有人写一行字要占两行，有人全页涂抹，也有人曳白。像这种不规则的试卷，在饭前阅览，犹不过令人蹙眉，在饭后阅览，则不免令人恶心。

有人颇艳羡美国大学之不用入学考试。那种免试升学的办法是否适合我们的国情，是一个问题。据说考试是我们的国粹，我们中国人好像自古以来就是"考省不倦"的。考试而至于科举可谓登峰造极，三榜出身仍是唯一的正规的出路。至于今，考试仍为五权之一。考试在我们的生活当中已形成为不可少的一部分。英国的卡赖尔在他的《英雄与英雄崇拜》里曾特别指出，中国的考试制度，作为选拔人才的方法，实在太高明了。所谓政治学，其要义之一即是如何把优秀的分子选拔出来放在社会的上层。中国的考试方法，由他看来，是最聪明的方法。照例，外国人说我们的好话，听来特别顺耳，不妨引来自我陶醉一下。平心而论，考试就和选举一样，属于"必需的罪恶"一类，在想不出更好的办法之前，考试还是不可废的。我们现在所能做的，是如何改善考试的方法，要求其简化，要求其合理，不要令大家把考试看作为戕贼身心的酷刑！

听，考场上战鼓又响了，由远而近！

谈友谊

朋友居五伦之末，其实朋友是极重要的一伦。所谓友谊实即人与人之间的一种良好的关系，其中包括了解、欣赏、信任、容忍、牺牲……诸多美德。如果以友谊做基础，则其他的各种关系如父子、夫妇、兄弟之类均可圆满地建立起来。当然父子、兄弟是无可选择的永久关系，夫妇虽有选择余地，但一经结合便以不再仳离为原则，而朋友则是有聚有散可合可分的。不过，说穿了，父子、夫妇、兄弟都是朋友关系，不过形式性质稍有不同罢了。严格地讲，凡是充分具备一个好朋友的条件的人，他一定也是一个好父亲、好儿子、好丈夫、好妻子、好哥哥、好弟弟。反过来亦然。

我们的古圣先贤对于交友一端是甚为注重的。《论语》里面关于交友的话很多。在西方亦是如此。罗马的西塞罗有一篇著名的《论友谊》，法国的蒙田、英国的培根、美国的爱默生，都有论友谊的文章。我觉得近代的作家在这个题目上似乎不大肯费笔墨了。这是不是叔季之世友谊没落的征象呢？我不敢说。

古之所谓"刎颈交"，陈义过高，非常人所能企及。如Damon与Pythias、David与Jonathan怕也只是传说中的美谈罢。就是把友谊的标准降低一些，真正能称得起朋友的还是很难得。试想一想，如有银钱经手的事，你信得过的朋友能有几人？在你蹭蹬失意或疾病患难之中还肯登门拜访乃至雪中送炭的朋友又有几人？你出门在外之际对于你的妻室弱媳肯加照顾而又不照顾得太多者又有几人？再退一步，平素投桃报李，莫逆于心，能维持长久于不坠者，又有几人？总角之交，如无特别利害关系以为维系，恐怕很难在若干年后不变成为路人。富兰克林说："有三个朋友是忠实可靠的——老妻、老狗与现款。"妙的是这三个朋友都不是朋友。倒是亚里士多德的一句话最干脆："我的朋友们啊！世界上根本没有朋友。"这些话近于愤世嫉俗，事实上世界里还是有朋友的，不过虽然无须打着灯笼去找，却是像沙里淘金而且还需要长时间的洗炼。一旦真铸成了友谊，便会金石同坚，永不退转。

大抵物以类聚，人以群分。臭味相投，方能永以为好。交朋友也讲究门当户对，纵不必像九品中正那么严格，也自然有个界线。"同学少年多不贱，五陵裘马自轻肥"，于"自轻肥"之余还能对着往日的旧游而不把眼睛移到眉毛上边去么？汉光武容许严子陵把他的大腿压在自己的肚子上，固然是雅量可风，但是严子陵之毅然决然的归隐于富春山，则尤为知趣。朱洪武写信给他的一位朋友说："朱元璋做了皇帝，朱元璋还是朱元璋……"话自管说得很漂亮，看看他后来之诛戮功臣，也就不免令人心悸。人的身心构造原是一样的，但是一入宦途，可能发生突变。孔子说："无友不如己者"，我想一来只是指品学而言，二来只是说不要结交比自己坏的，并没有说一定要我们去高攀。友谊需要两造，假如双方都想结交比自己好的，那便永远交不起来。

好像是王尔德说过,"一个男人与一个女人之间是不可能有友谊存在的"。就一般而论,这话是对的,因为男女之间如有深厚的友谊,那友谊容易变质,如果不是心心相印,那又算不得是友谊。过犹不及,那分际是难以把握的。忘年交倒是可能的。祢衡年未二十,孔融年已五十,便相交友,这样的例子史不绝书,但似乎是也以同性为限。并且以我所知,忘年交之形成固有赖于兴趣之相近与互相之器赏,但年长的一方面多少需要保持一点童心,年幼的一方面多少需要显着几分老成。老气横秋则令人望而生畏,轻薄儇佻则人且避之若浼。单身的人容易交朋友,因为他的情感无所寄托,漂泊流离之中最需要一个一倾积愫的对象,可是等到他有红袖添香、稚子候门的时候,心境便不同了。

"君子之交淡如水",因为淡所以才能不腻,才能持久。"与朋友交,久而敬之",敬也就是保持距离,也就是防止过分的亲昵。不过"狎而敬之"是很难的。最要注意的是,友谊不可透支,总要保留几分。Mark Twain说:"神圣的友谊之情,其性质是如此的甜蜜、稳定、忠实、持久,可以终生不渝,如果不开口向你借钱。"这真是慨乎言之。朋友本有通财之谊,但这是何等微妙的一件事!世上最难忘的事是借出去的钱,一般认为最倒霉的事又莫过于还钱。一牵涉到钱,恩怨便很难清算得清楚,多少成长中的友谊都被这阿堵物所戕害!

规劝乃是朋友中间应有之义,但是谈何容易。名利场中,沉瀣一气,自己都难以明辨是非,哪有余力规劝别人?而在对方则又良药苦口忠言逆耳,谁又愿意让人批他的逆鳞?规劝不可当着第三者的面前行之,以免伤他的颜面,不可在他情绪不宁时行之,以免逢彼之怒。孔子说:"忠告而善道之,不可则止。"我总以为劝善规过是友谊之消极的作用。友谊之乐是积极的。只有神仙与野兽才喜欢孤独，人是要朋友的。"假如一个人独自升天，看见宇宙的大观、群星的美丽，他并不能感到快乐，他必要找到一个人向他述说他所见的奇景，他才能快乐。"共享快乐，比共受患难，应该是更正常的友谊中的趣味。

说俭

俭是我们中国的一项传统的美德。老子说他有三宝,其中之一就是"俭","俭故能广"。《易·否》:"君子以俭德辟难。"《书·太甲上》:"慎乃俭德,惟怀永图。"《墨子·辞过》:"俭节则昌,淫佚则亡。"都是说俭才能使人有远大的前途、长久的打算、安稳的生活。古训昭然,不需辞费。读书人尤其喜欢以俭约自持,纵然显达,亦不欲稍涉骄溢。极端的例如正考父为上卿,粥以糊口,公孙宏位在三公,犹为布被,历史上都传为美谈。大概读书知礼之人,富在内心,应不以处境不同而改易其操守。佛家说法,七情六欲都要斩尽杀绝,俭更不成其为问题。所以,无论从哪一种伦理学说来看,俭都是极重要的一宗美德,所谓"俭,德之共也"就是这个意思。不过,理想自理想,事实自事实,侈靡之风亦不自今日始。一千年前的司马温公在他著名的《训俭示康》一文里,对于当时的风俗奢侈即已深致不满。"走卒类士服,农夫蹑丝履",他认为是怪事。士大夫随俗而靡,他更认为可异。可见美德自美德,能实践的人大概不多。也许正因为风俗奢侈,所以这一项美德才有不时地标出的必要。

在西洋,情形好像是稍有不同。柏拉图的"共和国",列举

"四大美德"（Cardinal Virtues），而俭不在其内。后来罗马天主教会补列三大美德，俭亦不包括在内。当然基督教主张生活节约，这是众所熟知的。有人问 Thomas à Kempis（《效法基督》的作者）："你是过来人，请问和平在什么地方？"他回答说："在贫穷，在退隐，在与上帝同在。"不过这只是为修道之士说法，其境界不是一般人所能企及的。西洋哲学的主要领域是它的形而上学部分，伦理学不是主要部分，这是和我们中国传统迥异其趣的。所以在西洋，俭的观念一向是很淡薄的。

西洋近代工业发达，人民生活水准亦因之而普遍提高。物质享受方面，以美国为最。美国是个年轻的国家，得天独厚，地大物博，人口稀少，秉承了欧洲近代文明的背景，而又特富开拓创造的精神，所以人民生活特别富饶，根本没有"饥荒心理"存在。美国人只要勤，并不要俭。有一分勤劳，即有一分收获；有一分收获，即有一分享受。美国的《独立宣言》明白道出其立国的目标之一是"追求幸福"，物质方面的享受当然是人生幸福中的一部分。"一箪食，一瓢饮"，在我们看是君子安贫乐道的表现，在美国人看是落伍的理想，至少是中古的禁欲派的行径。美国人不但要尽量享受，而且要尽量设法提前享受，分期付款制度的畅行，几乎使得人人经常地负上债务。

奢与俭本无明确界限，在某一时某一地并无亏于俭德之事，在另一时另一地即可构成奢侈行为。我们中国地大而物不博，人多而生产少，生活方式仍宜力持俭约。像美国人那样的生活方式，固可羡慕，但是不可立即模仿。英国讽刺文学家 Swift 说："砍掉双足，可以省去买鞋的麻烦。"我们盱衡国情，宁愿"削足适履"。现在国难方殷，我们处在戒严地区，上上下下更应该重视传统的俭德了。

谈礼

礼不是一件可怕的东西，不会"吃人"。礼只是人的行为的规范。人人如果都自由行动，社会上的秩序必定要大乱。法律是维持秩序的一套方法，但是关于法律的力量不及的地方，为了使人能更像是一个人，使人的生活更像是人的生活，礼便应运而生。礼是一套法则，可能有官方制定的成分在内，亦可能有世代沿袭的成分在内，在基本精神上还是约定俗成的性质，行之既久，便成为大家公认共守的一套规则。一套礼法也不是一成不变的，事实上是随时在变，不过可能变得很慢，可能赶不上时代环境之变迁得那样快，因此至少在形式上可能有一部分变成不合时宜的东西。礼，除非是太不合理，总是比没有礼好。这道理有一点像"坏政府胜于无政府"。有些人以为礼是陈腐的有害的东西，这看法是不对的。

我们中国是礼仪之邦，一向是重礼法的。见于书本的古代的祭礼、丧礼、婚礼、上相见礼等等，那是一套。事实上社会上流行的又是一套。现行的一套即是古礼之逐渐的个别的修正，虽然各地情形不同，大体上尚有规模存在，等到中西文化接触之后便比较有紊乱的现象了。紊乱尽管紊乱，礼还是有的，制礼定乐之事也许不是当前急务,事实上吾人之生活中未曾一日无礼的活动。问题是我们是否认真地严肃地遵循着礼。孔门哲学以"已复礼"为做人的大道理,意即为吾人行事应处处约束自己,使合于礼的规范。怎样才是非礼勿视、非礼勿言、非礼勿动,那是值得我们随时思考警惕的。读书人应该知道礼,但是有些人偏不讲礼,即所谓名士。六朝时这种名士最多,《世说新语》载阮籍的一句话最有趣:"礼岂为我辈设也?"好像礼是专为俗人而设。又载这样的一段:

阮步兵丧母,裴令公往吊之。阮方醉,散发坐床,箕踞不哭。裴至,下席于地,哭吊喭毕,便去。或问裴:"凡吊,主人哭,客乃为礼。阮既不哭,君何为哭?"裴曰:"阮方外之人,故不崇礼制。我辈俗中人,故以仪轨自居。"

时人叹为两得其中。

没有阮籍之才的人,还是以仪轨自居为宜。像阮步兵之流,我们可以欣赏,不可以模仿。

中西礼节不同。大部分在基本原则上并无二致,小部分因各有传统亦不必强同。以中国人而用西方的礼,有时候觉得颇不合适,如必欲行西方之礼,则应知其全部底蕴,不可徒效其皮毛,而乱加使用。例如,握手乃西方之礼,但后生小子在长辈面前不可首先遽然伸手,因为长幼尊卑之序终不可废,中西一理。再例如,祭祖先是我们家庭传统所不可或缺的礼,其间绝无迷信或偶像崇拜之可言,只是表示"慎终追远"的意思,亦合于我国所谓之孝道,虽然是西礼之所无,然义不可废。我个人觉得,凡是我国之传统，无论其具有何种意义，苟非荒谬残酷，均应不轻予废置。再例如，电话礼貌，在西方甚为重视，访客之礼、探病之礼，均有不成文之法则，吾人亦均应妥为仿行，不可忽视。

礼是形式，但形式背后有重大的意义。

图书在版编目(CIP)数据

梁实秋读书随笔/梁实秋著.—武汉：华中科技大学出版社，2023.5
（名家与书）
ISBN 978-7-5680-8805-3

Ⅰ.①梁… Ⅱ.①梁… Ⅲ.①随笔－作品集－中国－当代 Ⅳ.①I267.1

中国版本图书馆CIP数据核字（2022）第238952号

梁实秋读书随笔
Liang Shiqiu Dushu Suibi

梁实秋 著

策划编辑：陈心玉
责任编辑：康　艳
封面设计：Pallaksch
责任校对：刘　竣
责任监印：朱　玢
出版发行：华中科技大学出版社（中国•武汉）　　电话：(027)81321913
　　　　　武汉市东湖新技术开发区华工科技园　　邮编：430223
录　　排：孙雅丽
印　　刷：湖北新华印务有限公司
开　　本：710mm×1000mm　1/16
印　　张：17
字　　数：190千字
版　　次：2023年5月第1版第1次印刷
定　　价：68.00元

本书若有印装质量问题，请向出版社营销中心调换
全国免费服务热线：400-6679-118　竭诚为您服务
版权所有　侵权必究